STANDART SKILL

Voll verglitcht!

riva

Bibliografische Information der Deutschen Nationalbibliothek
Die Deutsche Nationalbibliothek verzeichnet diese Publikation in der Deutschen Nationalbibliografie. Detaillierte bibliografische Daten sind im Internet über http://dnb.d-nb.de abrufbar.

Für Fragen und Anregungen
info@rivaverlag.de

Originalausgabe
2. Auflage 2020
© 2020 by riva Verlag, ein Imprint der Münchner Verlagsgruppe GmbH
Nymphenburger Straße 86
D-80636 München
Tel.: 089 651285-0
Fax: 089 652096

Alle Rechte, insbesondere das Recht der Vervielfältigung und Verbreitung sowie der Übersetzung, vorbehalten. Kein Teil des Werkes darf in irgendeiner Form (durch Fotokopie, Mikrofilm oder ein anderes Verfahren) ohne schriftliche Genehmigung des Verlages reproduziert oder unter Verwendung elektronischer Systeme gespeichert, verarbeitet, vervielfältigt oder verbreitet werden.

Texte: Standart Skill, Matthias Kempke
Redaktion: Mirka Uhrmacher
Umschlaggestaltung und Illustrationen: © Marek Bláha
Satz: Achim Münster, Overath
Druck: GGP Media GmbH, Pößneck
Printed in Germany

ISBN Print 978-3-96775-001-0
ISBN E-Book (PDF) 978-3-74531-114-3
ISBN E-Book (EPUB, Mobi) 978-3-74531-115-0

Weitere Informationen zum Verlag finden Sie unter

www.rivaverlag.de
Beachten Sie auch unsere weiteren Verlage unter www.m-vg.de

Ja, hallo, Standart Skill am Start! Heute mal mit etwas ganz anderem! Diese Geschichte, meine lieben Freunde, ist genau so passiert, wie ihr es lesen werdet. Genau so! Na ja, oder zumindest fast.
Ich sag mal so, damals war ich noch der kleine Stanni, ein Teenager. Aber meine Skills, die konnten sich trotzdem schon sehen lassen! Mein Abenteuer begann in einer ganz normalen Runde. Ich hatte gut abgeräumt, wir waren nur noch zu zweit. Sicherer Sieg, Freunde! Aber was dann passierte ... könnt ihr euch gar nicht vorstellen! Ich will nicht zu viel verraten. Lasst uns einfach anfangen, und ihr werdet schon sehen, was ich meine.

Viel Spaß!

Euer Stanni

DAS SPIEL

Ein Schatten huschte über die nächtliche Straße. Stanni hatte seinen Gegner nur kurz aus dem Augenwinkel gesehen. Blitzschnell duckte er sich hinter ein Auto, das am Straßenrand stand. Ein gelber Sportwagen. Eigentlich genau sein Ding. Doch das Herz schlug Stanni nicht wegen der schicken Karre bis zum Hals. Dafür hatte er keine Zeit. Er musste gewinnen!

Stanni hatte in dieser Runde schon 22 Gegenspieler besiegt. Max, sein bester Freund und Teamkollege, hatte sich 19 Punkte gesnackt. Das waren jetzt 41 Punkte für ihr Team! 42 wären episch. Und 43?

Legendär, dachte Stanni. Noch nicht ganz Weltrekord, aber auch nicht so weit davon entfernt.

Nur noch zwei Gegner trieben sich hier in Trippy Town herum. Laut Spielerliste waren es Pain_Bot99 und NinjaDirk.

NinjaDirk?! Dämlicher Name. Stanni hätte gern mit den Augen gerollt, aber er musste sich konzentrieren. Er spähte über die Motorhaube des Autos – und dann sah er es! Alles lief wie in Zeitlupe ab. Ein Gegner machte sich im Café »Zum knusprigen Hörnchen« gerade über eine Kiste Loot her. Direkt hinter dem hell erleuchteten Schaufenster mit den saftigen Donuts.

Schlechte Idee, Pain_Bot99. Ganz schlechte Idee.

Der andere spielte mit einem »Sergeant PainGiver«-Skin: ein fies aussehender Robo-Kopfgeldjäger mit Cowboyhut, schweren Patronengurten über den rostigen Schultern und drei feuerroten Augen auf der Metallstirn. Ein sehr teurer Skin.

»Pain_Bot99«, flüsterte Stanni – dann sprang er auf und glitt pfeilschnell auf seinen Widersacher zu.

Pain_Bot99 bemerkte ihn sofort. Ruckartig zog er seine zwei Space-Colts und schoss durch die Glasscheibe. Doch damit hatte Stanni gerechnet! Er wich geschickt aus und duckte sich neben den Hauseingang. Die Farbkugeln des Kampfroboters schlugen hinter ihm auf dem gelben Sportwagen ein und hinterließen schillernde Regenbogenflecken.

»Netter Versuch, du Noob!«, rief Pain_Bot99 siegessicher.

Doch noch bevor der Roboter wusste, wie ihm geschah, tauchte Stanni schon wieder aus seiner Deckung auf und stürmte nach vorn ins Café. Er zielte. Und traf. Wieder und wieder! Pain_Bot99 leuchtete nur so vor bunten Farbklecksen. Schließlich sank der Roboter fluchend auf die Knie. Funken sprühten aus seiner Brust. Dann verpuffte er in einer Konfetti-Wolke.

»Leckerschmecker für Spaßentdecker!«, rief Stanni laut und sammelte die glänzenden Items ein, die sein Roboter-Gegner gedroppt hatte.

»Hast du ihn? Sag mir, dass du ihn gekriegt hast!« Max' Stimme ertönte gedämpft über Stannis Kopfhörer. Er klang nervös. Kein Wunder. Jetzt noch zu verlieren, wäre wirklich bitter. Und wenn Max nervös war, schaute er nie auf die Zahl am oberen Bildrand, die gerade von Vier auf Drei gefallen war.

»Hab ihn, Bruder!«, antwortete Stanni. »Da draußen ist nur noch einer übrig! Wie sieht's bei dir aus?«

»Hab den Letzten Richtung Norden laufen sehen«, sagte Max besorgt. »Zum Rand der Zone. Aber hab ihn am Stadtrand aus den Augen verloren.«

»NinjaDirk ...«, flüsterte Stanni. Ein wirklich völlig bescheuerter Name.

»Kommst du rüber?«, fragte Max.

»Bin unterwegs!«, rief Stanni und sprintete los.

Immer in Bewegung bleiben. Stanni lief und sprang geduckt durch die Seitenstraßen von Trippy Town. Er kannte jeden Winkel und jede Gasse der Stadt. Als er an den Schaufenstern vorbeilief, sah er die Reflexion einer coolen, sportlichen Kämpferin mit kurzen Haaren. Stannis Avatar. Die Community nannte sie »Siren«. Sie war ein »No Skin«. Das heißt, man konnte Siren von Anfang an spielen und musste sie im Gegensatz zu anderen Skins nicht erst freischalten. Wenn man als No Skin spielte, dann glaubten viele Leute, sie hätten es mit einem Anfänger zu tun, der sich noch keinen richtigen Skin leisten konnte. Und wer glaubte, einen Anfän-

ger vor sich zu haben, der wurde unvorsichtig. Ganz genau wie Pain_Bot99 eben. Aber das war nicht der einzige Grund, warum Stanni als Siren spielte: Er hatte sie von Anfang an einfach cool gefunden, und er war der festen Überzeugung, dass sie flinker und schwerer zu treffen war als andere Avatare. Aberglaube? Vielleicht ... Stanni war es egal. Er fühlte sich mit Siren wohl. Mit ihr saß jeder Sprung, jede Drehung. Stanni hatte all seine Skills mit Siren entwickelt.

Endlich erreichte er den Stadtrand. Die Sonne ging gerade auf und tauchte Trippy Town und die Landschaft vor der Stadt in ein warmes orangefarbenes Licht. Der Himmel schien regelrecht zu brennen. Ein atemberaubender Anblick.

Heute kann nichts schiefgehen, dachte Stanni und sah sich um. Außerhalb der Stadt wurde es schnell ländlicher. Im Trippy Town Park schien alles ruhig zu sein. Die Straße zog sich an Kornfeldern und Bauernhöfen vorbei und erstreckte sich wie ein helles Band bis zu den Arctic Alps im Norden. Ihre eisbedeckten Kuppen glitzerten im Sonnenlicht.

Stanni lief weiter. Irgendwo hier am Stadtrand musste ihr letzter Gegner sein. Die gelblich wabernde Zone, die den aktuellen Spielbereich markierte, ließ gar keine andere Möglichkeit mehr zu.

Plötzlich flackerte die Sonne lila auf und wechselte für den Bruchteil einer Sekunde ihre Position am Himmel. Die Schatten der Bäume tanzten zuckend über den Boden. Stanni blickte verwirrt nach oben. War das ein Glitch gewesen? Oder hatte er sich das nur eingebildet? Jetzt sah alles wieder normal aus, als wäre nichts gewesen.

»Max, hast du das auch gesehen?«, fragte Stanni verwundert. »Die Sonne ist gerade ...«

»Bruder, hinter dir! Pass auf!«, rief Max so laut, dass es in Stannis Ohren klingelte.

Die Warnung kam in letzter Sekunde. Stanni sprang hinter einem Baum in Deckung. Im gleichen Moment explodierte einige Meter neben ihm eine Glitter-Rakete.

»Junge, das war knapp!«, keuchte Stanni. »Wo steckst du, Max?«

Von der rechten Seite ertönte in einiger Entfernung wieder ein lauter Knall, gefolgt von einer weiteren Explosion.

»Bin gleich down«, seufzte Max. »Nur noch fünf HP. Hat mich voll erwischt.«

Stanni sprintete los. Hoffentlich konnte er Max noch helfen. Die Runde hatte doch so gut ausgesehen!

»Wie konnte der dich denn treffen, Diggi? Du bist doch viel schneller als sein Raketenwerfer!«

»Keine Ahnung.« Die Enttäuschung war Max anzuhören. »Ich hatte krasse Lags, hier war kurz alles lila, und dann hat wieder alles geruckelt.«

Stanni atmete durch. Er hatte sich die Sache mit der Sonne also nicht eingebildet. Was ging hier nur ab? Es nervte extrem, wenn man wegen irgendwelchen technischen Faxen ein Spiel verlor. Und in diesem Game kam das seit ein paar Tagen immer öfter vor.

»Ich komm und helf dir!«, rief Stanni, doch da knallte es schon wieder. Die Zahl am oberen rechten Rand veränderte sich. Statt drei Spielern waren nur noch zwei übrig.

»Zu spät«, sagte Max. »Bin raus. Stanni, hol das Ding für uns, okay?«

Stanni nickte grimmig und kauerte sich hinter einen Busch, um die Lage zu checken. Auf dem Parkplatz der Trippy Town Tankstelle vor ihm leuchtete ein gelb glänzender Glitter-Fleck. Dort hatte er ganz sicher Max verloren. Die Items, die sein Kumpel gedroppt hatte, lagen auch noch da. NinjaDirk hatte offenbar keine Verwendung für sie.

NinjaDirk ... Stanni knirschte mit den Zähnen. Kurz dachte er darüber nach, sich das Zeug von Max zu schnappen. Es wäre nur gerecht, wenn er ihren letzten Gegner mithilfe von Max' Loot zur Strecke brachte. Sogar die epische Schlabberschleim-Minigun seines Kumpels schwebte noch über dem Asphalt! Aber Stanni zögerte. Er hatte ein ungutes Gefühl bei der Sache. Irgendetwas stimmte hier nicht ...

Er holte sein seltenes Paintball-Sniper-Gewehr raus. Schussrate und Schaden top. Extrabunt. Durch das Zielfernrohr spähte er zur Tankstelle, doch es war nichts zu sehen. Stanni wartete ab. Er war sich sicher, dass der Kerl mit dem komischen Namen etwas plante.

Da! Eine Bewegung auf dem Dach! Jetzt wusste er, was hier gespielt wurde.

Clever, dachte Stanni. Das Ganze war eine Falle. Der Typ hatte sich mit seinem Raketenwerfer hinter einem Werbeschild verschanzt. Kaum zu sehen. Aus dieser Position musste er Max erwischt haben.

»Camper«, grummelte Stanni. Wäre er zur Tankstelle gelaufen, um sich Max' Zeug zu schnappen, hätte es ihn garantiert erwischt. Mies.

»In Ordnung, du Paulberger, der hier ist für Max ...«

Stanni atmete durch und zielte mit seinem Scharfschützengewehr auf den Camper. Dann feuerte er.

Ein lila Blitz nahm ihm die Sicht. Die Tankstelle leuchtete grell auf. Stanni blinzelte und sah seinen Gegner unnatürlich zucken und umherflackern. Noch ein Glitch!

Doch so schnell, wie er begonnen hatte, war er auch wieder vorbei. Stanni traute seinen Augen nicht. Sein Schuss hatte das Ziel verfehlt. Er hatte nur das Schild getroffen, hinter dem sich der Camper versteckte. »Trippy Town Tanke: Tanken und Freunde treffen!« stand dort.

»Hey! Das ist nicht fair!«, rief Stanni.

Im gleichen Moment sah er ein Funkeln auf dem Dach der Tankstelle. Der andere Spieler hatte seinen Glitter-Raketenwerfer abgefeuert. Stannis verpatzter Schuss hatte seine Position verraten. Jetzt hieß es schnell sein.

Stanni lief nach links. Einen Augenblick später schlug die Rakete dort ein, wo er eben noch gehockt hatte. Sofort feuerte sein Widersacher einen zweiten Schuss ab, doch auch dem konnte Stanni ausweichen.

»Der Typ ist ein Camper. Liebt Raketenwerfer. Stellt Fallen. Und unterschätzt meine Skills. Der glaubt bestimmt, dass ich mich nicht raus traue.«

Doch Stanni wusste, dass man manchmal einfach genau das Gegenteil von dem tun musste, was die anderen erwarteten. Also lief er los, direkt auf die Tankstelle zu. Die dritte Rakete des Campers zischte über seinen Kopf hinweg und schlug hinter ihm ein. Dann schoss der Camper wieder. Stanni schlug einen Haken und lief nach rechts.

Nach wenigen Metern stand nur noch das Schild auf dem Dach der Tankstelle zwischen ihm und seinem Sieg. Wenn der Camper jetzt feuern wollte, musste er entweder aus seiner Deckung kommen, oder er würde das Schild treffen und sich selbst in die Luft jagen.

Stanni wartete gespannt. Keine Explosion.

Schade, dachte er und kauerte sich hinter eine Mülltonne. Wieder holte er sein Scharfschützengewehr hervor und zoomte auf das Dach der Tankstelle. Hinter dem Schild konnte er die Beine des Campers auftauchen und wieder verschwinden sehen. Sein Gegner sprang nervös auf und ab. Eine gute Taktik. Aber Stanni hatte es nicht auf die Beine seines Widersachers abgesehen.

»Camper lieben es zu campen«, lächelte er. »Und zwar immer wieder. An ein und demselben Ort.« Daher zielte er einen Fußbreit neben das Schild, wo sein Gegner vorher gehockt hatte.

»Na komm schon«, flüsterte Stanni gespannt. »Mach es dir gemütlich.«

Sein Gegner schien sich zu beruhigen. Das nervöse Springen hörte auf. Endlich ging er in die Hocke. Wahrscheinlich, um nach Stanni Ausschau zu halten. Und dann schob sich der Camper in Stannis Sichtfeld. Genau dorthin, wo er zuvor gecampt hatte.

Geht doch, grinste Stanni in sich hinein.

NinjaDirk war fast ganz in Schwarz gekleidet, trug eine schwarze Sonnenbrille und ein gelbes Bandana über der Stirn. Die Buchstaben ND waren auf das Bandana geschrieben. Stanni verdrehte die Augen. ND für NinjaDirk.

»Trippy Town Tanke: Tanken und Freunde treffen!«, flüsterte Stanni. Dann schoss er. Einmal. Zweimal. Und traf. Der Oberkörper und die Sonnenbrille seines Gegners färbten sich kunterbunt, ehe sich NinjaDirk in eine Konfetti-Wolke verwandelte, die von der sanften Morgenbrise davongeweht wurde.

Stanni hatte es geschafft! In großen blinkenden Zahlen zeigte das Spiel das Endergebnis dieser Runde an:

Ihr Team-Score lag bei satten 43 Punkten!

»Extrem legendär!«, rief Stanni.

Für einen kurzen Moment zuckten die Zahlen lila auf, dann die gesamte Spielwelt um Stanni herum. Ihm wurde ganz schwindelig.

Wieder so ein Glitch!, dachte er.

Aber das war ihm egal. Er hatte es immerhin geschafft zu gewinnen, trotz Lags und Glitches! Und er wusste genau, was er jetzt zu tun hatte.

Stanni tanzte. Shuffle Dance!

»Für dich, Max!«, rief er.

Und als Stanni nach gefühlten fünf Minuten seinen Tanz mit einer finalen Disco-Pose beendet hatte, passierte …

… gar nichts.

GESTRANDET

Die Grillen zirpten am Stadtrand von Trippy Town. Die Sonne kroch gemächlich weiter über den Horizont. Die Morgenbrise trieb ein paar Blätter vor sich her. Eigentlich hätte jetzt ein schicker großer Button erscheinen sollen, der ihn zurück ins Hauptmenü des Spiels brachte. Aber da war kein Button. Keine Bildschirmanzeigen. Da war gar nichts.

Ärgerlich. Wenn ihm der Lag gerade seine Punkte und den Sieg gekostet hatte, dann würde er …! Er wusste nicht genau, was er dann tun würde, aber er würde sich richtig ärgern.

»Max?«, rief Stanni. Seine Frage hallte unbeantwortet über den Parkplatz der Tankstelle.

Stanni seufzte und tastete frustriert nach der Kopfhalterung seiner VR-Brille. Lags und Glitches hin oder her, die Technik für dieses Spiel war super. Man fühlte sich richtig mittendrin, und die Brille kam ganz ohne störende Kabel aus. Stanni liebte das Ding. Es war leicht und modern und verfügte über eine fantastische Auflösung und Farbtiefe. Man hatte den Eindruck, wirklich im Spiel zu sein.

Das Ganze hatte natürlich seinen Preis: Die VR-Brille hatte ihn all seine Ersparnisse gekostet. Die kompletten Sommerferien waren dafür draufgegangen. Rasenmähen. Prospekte verteilen. Er hatte unzähligen Omis und Opis den Einkauf getragen und ihre steinalten Computer repariert. Doch das war es wert gewesen, um diese völlig neue Welt bereisen zu können.

Wenn er die VR-Brille gleich absetzen würde, dann wäre er wieder in seinem Zimmer. Neben seinem Schreibtisch mit dem Stapel aus unerledigten Hausaufgaben und seinem Rechner, auf dem bestimmt schon tausend Nachrichten von Max vor sich hin blinkten. Er musste die Brille nur absetzen.

Doch Stanni griff ins Leere.

Hektisch tastete er auf seinem Gesicht herum – und stach sich aus Versehen einen Finger ins Auge.

»Aua!«, rief er. »Wo ist meine VR-Brille?« Er tastete weiter. Auf seinem Kopf saß nur seine Baseball-Kappe.

Halt! Wie? Was?, wunderte sich Stanni. *Meine Baseball-Kappe? Aber das kann doch nicht sein …*

Er stolperte schnell zum Eingang der Tankstelle hinüber, auf deren Dach er eben noch den Camper in Konfetti verwandelt hatte, und starrte ungläubig auf die Fensterscheibe. In der Spiegelung war nicht sein Avatar zu sehen. Nein, das war nicht Siren! Das war … er selbst!

Philipp, fünfzehn Jahre alt, von allen nur Stanni genannt, wegen seines Spielernamens »Standart Skill«. Ein alter Witz über seine Zielgenauigkeit beim Darts-Werfen. Er trug wie immer sein Baseball-Cap und die goldene Glückskette.

»Äh … hä?«, stammelte Stanni. Mehr fiel ihm nicht ein. Das war doch nicht normal. Das war episch unnormal. Nein. Das war legendär unnormal!

»Okay. Durchatmen ...«, murmelte er. »Und ganz ruhig bleiben ...«

Er blickte sich um. Die gelbe Zone, die das Spielgebiet für diese Runde begrenzt hatte, war verschwunden. Das hieß, er konnte sich jetzt frei auf der Map bewegen.

Schnell versuchte er die Übersichtskarte aufzurufen, aber seine rechte Hand griff schon wieder ins Leere. Kein Controller. Und ohne Controller gab es keine Karte. Und auch keine Waffen. Kein Inventar. Nichts.

Gar nichts? War er wenigstens noch so beweglich wie Siren? Für den Fall, dass wieder eine Rakete auf ihn zuraste?

Stanni begann zu laufen, zu hüpfen und Haken zu schlagen. Nach zehn Sekunden ging ihm die Puste aus. Er schwitzte. Seine Lunge brannte. Seine Augen tränten. Hoffentlich hatte das niemand gesehen ... Wie peinlich. Null Kondition!

»Ich kann ja gar nix!«, keuchte Stanni entsetzt. »Null Skills!«

Er lief in die Tankstelle und sah sich um. Sein Blick fiel auf eine Schachtel mit Sportriegeln. »PowerCrunch-Bars«. Kein Spiel-Item, so viel war sicher. Darum hatte sich Stanni die Riegel wahrscheinlich auch nie genauer angesehen. Aber PowerCrunch klang gut. Er schnappte sich einen der Riegel und wickelte ihn aus.

»Riecht nussig.« Er biss ab. »Und schmeckt auch nussig. Und nach Erdbeere.« Seit wann Spiele auch Gerüche und Geschmack übertragen konnten, wusste er nicht. Ob das ein neues Update der VR-Brille war?

Moment. Hatte er gerade etwas geklaut?!

Stanni wurde rot. Welche Regeln galten wohl für Müsliriegel? Welche Regeln galten hier überhaupt?

»Falls mich jemand hört«, rief er zur Sicherheit laut. »Ich habe haufenweise Münzen! Ich würde euch ja Geld hierlassen, aber ich komm nicht in mein Inventar, okay?«

Keine Antwort.

Er zuckte mit den Schultern. Immerhin hatte er es versucht.

Nach zwei kurzen Runden durch die Regalreihen hatte sich Stanni einen Rucksack geschnappt und sich mit einem Energy-Drink mit »Turbobeeren-Geschmack« und einer bunten Mischung aus Müsliriegeln eingedeckt. Er musste sicher auch ohne Anzeige auf seine HP achten. Und er hatte Hunger. Aber was nun?

Kein Plan, dachte Stanni und ging im Kopf seine Möglichkeiten durch. Damit er nichts vergessen konnte, schnappte er sich ein kleines Notizbuch und einen Filzstift aus der Schreibwarenecke neben der Kasse. »Wenn man keinen Plan hat, dann macht man sich eben einen.«

Eine Landkarte schien es in der Trippy Town Tanke allerdings nicht zu geben. *Nicht sehr realistisch*, dachte Stanni. Zum Glück kannte er das Tal Royal fast auswendig und konnte sich aus dem Kopf seine eigene Karte zeichnen. Als er fertig war, betrachtete er sein Werk.

»Gar nicht schlecht!«, fand er, dann nahm er einen lila Filzstift und zeichnete am Nordrand von Trippy Town eine Markierung ein. Hier war der erste seltsame Glitch aufgetreten: die Sonne. Glitch Nummer zwei und drei betrafen die Tankstelle. Hier hatten die nächsten Spielfehler dafür gesorgt, dass er Max verloren hatte und selbst hier gestrandet war.

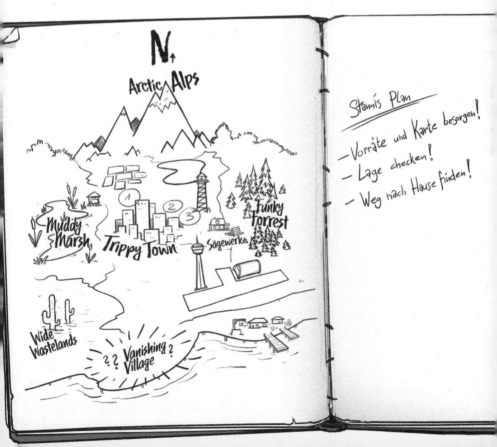

Punkt eins von Stannis Plan war damit erledigt. *Läuft*, dachte er.
Also weiter zum zweiten Punkt.

Kurz überlegte er, sich einfach in der Tankstelle zu verschanzen und auf Hilfe zu warten. Aber andererseits, was sollte da draußen schon schiefgehen? Außer ihm waren nach der letzten Runde doch keine anderen Spieler übrig geblieben ... oder?

»Lage checken«, erinnerte er sich selbst und schulterte seinen neuen Rucksack. Für den Fall, dass sich da draußen doch noch Gegner herumtrieben, griff er sich außerdem einen der Hockeyschläger, die neben der Eingangstür bei den Sportartikeln standen. Dann atmete er durch, umklammerte den Schläger und trat durch die Tür ins Freie.

TRIPPY TOWN

Auf den Straßen war niemand zu sehen. Stanni hatte den Plan gefasst, auf das Dach eines der drei höchsten Hochhäuser am Marktplatz in der Stadtmitte zu klettern. Auf einen der Trippy Town Towers. Von dort oben wollte er nach anderen Spielern Ausschau halten. So hatte er es zusammen mit Max auch oft gemacht. Und wenn es noch andere Leute gab, die hier im Spiel gestrandet waren und nach Hilfe suchten, würden sie bestimmt auch zu den Hochhäusern kommen. So wie in den ganzen Zombiefilmen. Also machte er sich auf den Weg.

Überall waren die Spuren der letzten Spielrunde zu sehen: zerbrochene Fensterscheiben, aufgesprengte Türen, zerschmetterte Möbel und umgestürzte Holzzäune. Bunte Flecken auf Autos und Häuserwänden. Und jede Menge Konfetti. Hier hatten schwere Kämpfe gewütet.

Normalerweise wäre Stanni nach der letzten Runde wieder in der Lobby aufgetaucht. Dann hätte er ein neues Spiel gestartet, und in der Spielwelt wäre wieder alles wie neu gewesen. Aber jetzt?

Was für ein Chaos!, dachte er und stapfte weiter.

Nach einigen Minuten erreichte er die alte Feuerwache von Trippy Town. Hier stand ein Wasserhydrant, der einen Wasserstrahl in hohem Bogen über die Straße spritzte. Die Fontäne zauberte einen Regenbogen in die Luft, der im Sonnenlicht sogar noch bunter schimmerte als die Farbflecke auf dem Hydranten. Das Ding hatte wohl in der letzten Runde ein paar Treffer abbekommen.

Beim Anblick des Wassers bemerkte Stanni, wie durstig er war. Er kramte den Energy-Drink aus dem Rucksack und trank ihn mit ein paar großen Schlucken leer. Das Getränk war warm und schmeckte daher nicht so gut, wie er gehofft hatte, half aber trotzdem. Wieso auch immer ein Energy-Drink in einem Game gegen echten Durst helfen konnte. Die Dose warf er in einen der vielen Mülleimer, die hier überall herumstanden.

Temperatur, Geschmack, Hunger und Durst ... das alles konnte doch nicht wirklich von der VR-Brille kommen. Technisch war das gar nicht möglich! Oder?

Stanni blickte sich um. Warum war er hier? Er sollte zu Hause in seinem Zimmer sitzen. Er sollte mit Max quatschen, Hausaufgaben machen, Abendessen. Er sollte alles Mögliche tun, aber ganz sicher nicht hier in einer Wasserpfütze stehen, die langsam seine Schuhe durchnässte. Das fühlte sich alles viel zu echt an.

Irgendetwas musste im Spiel schiefgelaufen sein. Nur was? Warum gab es keine neue Runde? War das etwa alles nur ein Traum?

Na klar! Das war's! Stanni schlug sich mit der flachen Hand gegen die Stirn. Warum war er nicht früher darauf gekommen? All das war nur ein Traum, und alles, was er tun musste, war aufwachen!

Stanni kniff sich in den Arm.

Und wartete.

Er war noch hier. Und jetzt tat ihm auch noch der Arm weh. Zur Sicherheit kippte er sich etwas Wasser über den Kopf.

»Kalt!« Er schüttelte sich. Und war immer noch hier. Nass. Und sein Arm tat auch immer noch weh. Belastend. Er seufzte. Also kein Traum. Aber was dann? Ein Bug? Der größte Bug aller Zeiten? Die Mutter aller Bugs! Und mit den Glitches hatte alles angefangen.

Nachdenklich ging er weiter. Als Siren hätte er nur Minuten bis zu den Trippy Town Towers gebraucht. Mit ihr wäre er von Dach zu Dach gesprungen und mit ihrem Gleiter bequem durch die Häuserschluchten gesegelt. Aber er war nicht Siren. Er war nur Stanni.

Plötzlich stolperte er und landete hart auf dem Boden.

»Uff! Junge, auch das noch ...«, ächzte er. »Aua!« Er spürte ein Stechen im rechten Arm. Vorsichtig untersuchte er die schmerzende Stelle. Er hatte sich den Ellenbogen aufgeschürft. Etwas Blut war zu sehen. Keine bunte Farbe. Kein Konfetti.

Echtes Blut.

Das war kein Spiel mehr. Das war eine Welt, in der man sich verletzen konnte! Stanni lief es kalt den Rücken hinunter. Das war jetzt *anders* unheimlich.

»Egal«, versuchte er sich selbst zu beruhigen. Er war in Trippy Town. Mittendrin. Live! Mit Arm-Aufschürfen und allem Drum und Dran. Die meisten Spieler hätten direkt den ganzen Arm gegeben, um so was zu erleben! Wenn er doch nur sein Handy dabeihätte, um ein paar Beweisfotos zu machen! Das hier würde ihm sonst niemand glauben.

Etwas zuversichtlicher rappelte Stanni sich wieder auf – und stieß sich schmerzhaft das Knie.

»Verdammt!« Vor lauter Grübelei hatte er nicht darauf geachtet, worüber er eigentlich gestolpert war, und war direkt wieder dagegengelaufen. Aber als er den Übeltäter sah, freute er sich.

»Eine Kiste!«, rief er begeistert. Das schmerzende Knie war vergessen, der Ellenbogen auch fast. Kisten bedeuteten Loot. Ausrüstung. Schilde. Munition. Vielleicht einen Verband für seinen Ellenbogen. Stanni kniete sich sofort hin und rüttelte am Deckel. Nichts passierte. Er rüttelte fester, stand auf, zog mit aller Kraft. Nichts. Dafür taten ihm jetzt die Finger weh.

»Das Ding muss doch aufgehen!«

Er trat dagegen, und plötzlich leuchteten links und rechts vom Schloss zwei kleine runde Lampen auf. Zusammen mit dem Schloss ergaben sie ein lächelndes Gesicht, das Stanni müde anblinzelte. Die Kiste gähnte und sagte: »Guten Morgen! Ich bin Goodie-Kiste 7772. Ist es nicht ein wunderbarer Tag?«

Stanni war baff. »Du sprichst?«

»Tja, wir Kisten stecken eben voller Überraschungen«, sagte die Kiste und zwinkerte Stanni mit der rechten Lampe zu. Dann brach sie in schallendes Gelächter aus. Es war ansteckend. Stanni musste auch lachen.

»Der war gut«, gab er zu.

»Bist du einer der neuen Praktikanten bei den Kisten-Befüllern? Oder bist du vom Reparatur-Team?«, fragte Goodie-Kiste 7772.

Befüller? Reparatur-Team? Von so etwas hatte Stanni noch nie gehört.

»Ich bin Stanni.«

»Sehr erfreut! Gut, dass du mich geweckt hast. Ich könnte deine Hilfe brauchen!«, sagte die Kiste. »Mein Schloss klemmt!«

»Willst du, dass ich dich repariere?«, fragte Stanni zögerlich. Er war sich nicht sicher, wie er das anstellen sollte. Mit sprechenden Kisten kannte er sich nicht wirklich gut aus.

»Das überlassen wir besser den Profis!«, sagte die Kiste. »Bring mich einfach zur Wartungsstation am Sägewerk!«

Das Sägewerk? Stanni kramte sein Notizbuch hervor und blätterte darin herum. Jetzt erinnerte er sich. Na klar. Laut seiner handgezeichneten Karte lag das Sägewerk gar nicht weit entfernt. Richtung Osten, etwas außerhalb der Stadt. Das brachte ihn zwar weiter weg von den Trippy Town Towers, aber er wollte die Kiste nicht einfach so hier stehen lassen. Außerdem konnte er dort vielleicht Hilfe finden.

»Kein Problem«, sagte er. »Ich bring dich hin. Meinst du, du passt in meinen Rucksack, Goodie-Kiste ... äh, wie war noch mal deine Nummer?« Stanni war nicht besonders gut darin, sich Zahlen zu merken.

»7772!«, ergänzte die Kiste. »Na klar! Dein Rucksack sieht sehr bequem aus.«

Stanni öffnete den Rucksack und betrachtete seine Vorräte. Alles war bis oben hin vollgestopft mit Müsliriegeln. Da wäre niemals genug Platz für die große Kiste. Schweren Herzens schaufelte er seine Beute auf die Straße. Als er alles ausgeräumt hatte, passte die Kiste immerhin zur Hälfte in den Rucksack. 7772 war ganz schön schwer.

»Sag mal«, ächzte Stanni, während er den Rucksack schulterte. »Hast du was dagegen, wenn ich dich Looty nenne?«

Goodie-Kiste 7772 blinzelte begeistert über Stannis Schulter. »Name geändert!«, rief sie fröhlich. »Hallo. Ich bin Looty. Danke, dass du mir hilfst!«

»Easy. Kein Ding«, ächzte Stanni. Dann schleppte er Looty durch die Stadt Richtung Osten und fragte sich, was ihn dort wohl erwarten würde.

DAS SÄGEWERK

Keuchend näherte sich Stanni dem Sägewerk. Die Sonne stand bereits hoch am Himmel. Hier in den Wäldern vor Trippy Town war er oft mit Max zum Rundenstart gelandet. In der Haupthalle des Werks und den kleineren Gebäuden darum herum gab es meist gute Waffen zu finden, und die großen Tannen boten eine super Deckung.

»Looty?«, flüsterte Stanni.

Keine Antwort.

Oh nein! War die Kiste jetzt ganz kaputt? Stanni hatte ihr unterwegs seine ganze Geschichte erzählt. Aber er war sich nicht sicher, ob Looty überhaupt ein Wort verstanden hatte. Die Kiste schien keinen blassen Schimmer davon zu haben, dass sie nur Teil eines Videospiels war.

Bei der letzten Baumreihe vor dem Sägewerk hielt Stanni an. Er schwitzte und war ziemlich nervös, weil er nicht wusste, was ihn dort erwarten würde. Um kein Risiko einzugehen, ging er jetzt ganz langsam weiter. Vorsichtig pirschte er sich an die Haupthalle heran.

Das Sägewerk hatte in der letzten Runde ordentlich was abbekommen. Überall Konfetti und Farbflecken.

Plötzlich hörte Stanni Stimmen aus dem Inneren der Haupthalle.

»Gruppe A und B, antreten! Na los, Leute, wacht auf!«, rief eine strenge Frauenstimme.

Waren also doch noch Spieler unterwegs?

»Überprüft eure Ausrüstung! Und vergesst nicht, die Strahler wieder aufzuladen!«, rief die Stimme.

Auch das noch. Strahler! Stanni wusste, dass er ohne einen anständigen Schild keine Chance gegen Energiewaffen haben würde. Er wäre geliefert! Als Siren hätte er sich bloß in eine Konfetti-Wolke verwandelt und wäre einfach in eine neue Runde gestartet. Aber jetzt? Das wollte er lieber nicht herausfinden.

Stanni schlich um das Gebäude herum. Glibber-Granaten hatten riesige Löcher in die Außenwand gerissen und Pfützen mit pinkem Schleim hinterlassen. Perfekt! Also, die zerstörten Wände natürlich, nicht der pinke Schleim. Der stank fies nach geschmolzenem Plastik.

Stanni lief zu einem der Löcher und spähte vorsichtig hindurch. In der riesigen Halle standen acht schwarze Geländewagen. Er schluckte. Um diese schwarzen Wagen rankten sich viele wilde Legenden. Spieler hatten sie in der Vergangenheit an den merkwürdigsten Orten überall im Tal Royal gesehen. Meistens dort, wo geheimnisvolle Objekte oder neue Gebäude aufgetaucht waren, die nicht betreten werden konnten. Als das Dorf Vanishing Village auf rätselhafte Weise für ein paar Runden im Süden der Map aufgetaucht und bald wieder verschwunden war, hatten die Spieler diese Geländewagen auch gesichtet.

Vor den Autos standen etwa zwanzig vermummte Gestalten mit Gasmasken und weißen Uniformen in einer Reihe. Obwohl sie alle die gleiche Kleidung trugen, sahen sie trotzdem völlig unterschiedlich aus. Einige waren sehr groß und schlank, andere sehr klein und dick, wieder andere waren groß und dick oder klein und schlank. Eine bunt zusammengewürfelte Truppe. Alle hielten seltsame Waffen in den Händen. Solche Kanonen hatte Stanni noch nie gesehen. Das mussten die Strahler sein! Sie waren über Schläuche mit blauen Tanks verbunden, die die Vermummten auf dem Rücken trugen, und sahen sehr gefährlich aus. Das Ganze wirkte wie ein Militäreinsatz. Was hatten diese Leute nur vor?

Die Frau mit der strengen Stimme lief vor ihnen auf und ab und gab Anweisungen. Sie war erstaunlich klein, fand Stanni. Auch sie hatte eine weiße Uniform an, statt der Gasmaske trug sie aber einen blauen Helm auf dem Kopf wie eine Soldatin. Ihr langes schwarzes Haar war zu einem festen Pferdeschwanz gebunden.

Etwas abseits der Gruppe bemerkte Stanni einen riesigen Mann. Er war angezogen wie ein Bauarbeiter, aber ganz in Gelb. Auf seinem Kopf saß ein weißer Helm, auf den der Buchstabe »P« gedruckt worden war, und unter seiner Nase wackelte ein prächtiger Schnurrbart. Er ging zu einem runden weißen Anhänger und zog dort etwas von der Ladefläche. Es musste sehr schwer sein, denn Stanni konnte ihn ächzen hören.

»Puh, Mann«, grummelte der riesige Typ. Er wischte sich den Schweiß von der Stirn, ehe er den Gegenstand mit einem lauten *KLONK* von der Ladefläche auf den Boden beförderte. Nun konnte Stanni auch sehen, um was es sich handelte.

»Das sind Goodie-Kisten!«, flüsterte er. »Bestimmt hundert Stück! Siehst du das, Looty?« Allein der Gedanke daran, welche Schätze sich in den ganzen Kisten auf der Ladefläche verbergen mochten, ließ Stannis Looter-Herz höherschlagen.

Doch Looty sagte noch immer nichts. Stattdessen fing die Kiste in seinem Rucksack an ... zu schnarchen. Und *wie* Looty schnarchte! Sie ratzte so laut, dass es klang, als hätte jemand alle Maschinen im Sägewerk gleichzeitig eingeschaltet.

»Was ist das für ein Lärm?«, rief die Anführerin. Sie und ihr Team sahen sich verwirrt an. Auch der große Bauarbeiter hatte Looty gehört. Er drehte sich um – und sah Stanni direkt in die Augen.

»Ein Dieb!«, brüllte er und zeigte mit seinem riesigen Zeigefinger auf Stanni. »Er hat eine Goodie-Kiste gestohlen!« Dann lief er auf ihn zu.

Stannis Herz raste. *Jetzt haben sie mich!*, dachte er panisch. *Was soll ich bloß tun?*

Eine schwierige Entscheidung!

Eine Entscheidung? Ja, ganz genau! Jetzt liegt es an dir. An dir da, mit dem Buch. Was meinst du? Was soll Stanni jetzt machen?

»Nichts wie weg!« Stanni versteckt sich im Wald und beobachtet die Fremden aus sicherer Entfernung ...
Bist du sicher, dass Stanni das tun soll? Ja? Na, dann blättere jetzt um zu Seite 26.

»Ich habe keine Angst!« Stanni nimmt all seinen Mut zusammen und spricht die Fremden an ...
Soll es so weitergehen? Na gut! Dann lies jetzt weiter auf Seite 32.

»**Nichts wie weg!**«, keuchte Stanni, drehte sich blitzschnell um und floh in den Wald. Diese Typen mit ihren Strahlern waren ihm überhaupt nicht geheuer. Er wollte sich lieber in sicherer Entfernung ein Versteck suchen und erst mal abwarten, was passierte.

Bei einem schnellen Blick über die Schulter und an der noch immer schnarchenden Goodie-Kiste vorbei konnte er keine Verfolger sehen. Stanni freute sich. Hatte er die Soldaten etwa schon so schnell abgehä- *RUMMMS!*

Er hätte wohl besser schauen sollen, wo er hinlief, statt nach hinten. Dann hätte er den Baum gesehen, der im Weg stand, und wäre nicht mit voller Wucht dagegengerannt. Stanni taumelte zwei Schritte zurück. Sein linker Fuß verfing sich in einem Dornengestrüpp. Auch das noch! Er ruderte mit den Armen, um das Gleichgewicht zu halten, aber er hatte keine Chance. Das Gewicht der Kiste auf seinem Rücken zog ihn mit sich. Wie ein nasser Sack plumpste er auf den Hintern.

»Uff!«, stöhnte Stanni. Der Aufprall war ziemlich schmerzhaft, und sein Schädel dröhnte von dem Zusammenstoß mit dem Baum. Oder kam das Geräusch, das er hörte, gar nicht aus seinem Kopf? Waren das nicht … stampfende Schritte?

Noch ehe sich Stanni umdrehen konnte, legte sich eine schwere Hand auf seine Schulter. Er schluckte. Eine Schweißperle lief ihm über die Stirn, links an der Nase vorbei und direkt ins Auge. Sein Herz schlug ihm bis zum Hals.

»Hab ich dich, Freundchen!«, keuchte eine tiefe Stimme.

Stanni verrenkte sich den Hals und sah in das Gesicht des riesenhaften Bauarbeiters in Gelb. Von Nahem und vor allem von unten betrachtet sah er noch größer aus als vorhin in der Halle. Die Spitzen seines Schnurrbarts zitterten vor Wut. Oder vor Anstrengung? Das krebsrote Gesicht des Bauarbeiters und sein atemloses Schnaufen konnten beides bedeuten.

Stannis Gedanken rasten. Wenn der Riese noch unfitter war als er selbst, dann konnte er ihm vielleicht entkommen. Er durfte jetzt nicht aufgeben, sondern musste in Bewegung bleiben!

Wie ein Fisch zappelte er hin und her, strampelte wild mit den Beinen, um sich von den Dornen zu befreien. Der linke Schuh blieb dabei im Gestrüpp hängen, aber das war ihm egal. Er warf sich einfach nur nach vorn und versuchte davonzulaufen.

Aber der Bauarbeiter hielt ihn am Rucksack fest.

»Bleib hier!«, keuchte er.

Denkste! Schnell schlüpfte Stanni aus den Schulterriemen und lief, was das Zeug hielt. Weiter! Bloß weg hier! Er zischte zwischen Baumstämmen und Hecken hindurch. Er hatte zwar seinen linken Schuh, seinen Rucksack und den Hockeyschläger verloren, aber immerhin war er entkommen!

Die vielen Runden mit Max zahlten sich jetzt aus. Stanni kannte das Gelände und wusste, wohin er wollte. Im Wald gab es einen großen Holzturm, von dem aus man bis zum Sägewerk blicken konnte. Der perfekte Ort, um wieder Herr der Lage zu werden. Highground. Das war sein Ziel.

Ab und zu hielt er an und spitzte die Ohren. Er musste sichergehen, dass er seine Verfolger abgeschüttelt hatte. Wenn der Riese oder die Strahlertypen ihm folgten, würde er auf dem Turm festsitzen. Aber er hörte nur das Rauschen der Baumwipfel und ab und zu den Ruf eines fernen Kuckucks. Also weiter. So schnell es ging. Was leider viel langsamer war, als er es sich wünschte. Innerlich fluchte er ununterbrochen über seine miese Kondition. Und den fehlenden Schuh. Der Waldboden war nass und voller spitzer Nadeln. Aber an Aufgeben war nicht zu denken!

Mit letzter Kraft erreichte er den Turm. Schnaufend stieg er die lange Holztreppe nach oben und ließ sich auf der obersten Ebene auf eine Bank fallen. Stanni zog sich die Mütze vom Kopf und raufte sich die Haare. Was war hier nur los?

Durchatmen. Er hatte es geschafft. Immerhin.

Wie viel Zeit war wohl vergangen? Eine halbe Stunde? Er wusste es nicht. Er wusste nur, dass sein linker Socken kalt und nass war. Kein gutes Gefühl. Also zog er ihn aus, klopfte Matsch und Laub ab und hängte ihn über die Lehne der Bank.

Erst jetzt wurde ihm klar, dass er mit seinem Rucksack auch Looty zurückgelassen hatte. Arme Looty. Ob die Typen die Kiste zu den anderen Goodie-Boxen ins Sägewerk brachten? Hoffentlich hatte Looty von dem bärigen Typen mit dem Schnurrbart nichts zu befürchten.

In der Ecke des Beobachtungspostens brummte ein Funkgerät vor sich hin. Auf einer Fensterbank fand Stanni ein Fernglas. Er schnappte es sich und blickte damit in Richtung Sägewerk. Gerade rechtzeitig, um zu sehen, wie die schwarzen Geländewagen über den Hof bretterten. Sie fuhren so schnell über den Sandweg, dass sie große Staubwolken aufwirbelten. Die Fahrzeuge verschwanden im Wald.

Wo wollen die nur hin?, wunderte sich Stanni. Dann hörte er ein leises Knacken im Funkgerät. Die Stimme der Anführerin, die er im Sägewerk beobachtet hatte, ertönte über den Lautsprecher.

»Die Arbeiten im Sägewerk sind abgeschlossen!«, sagte sie. »Jetzt ist die Stadt dran. Gruppe A übernimmt die äußeren Gebäude. Gruppe B den Stadtkern. Wir treffen uns bei den Trippy Town Towers. Alles klar? Over.«

»Gruppe A, Roger! Over«, antworte eine Stimme.

»Gruppe B, verstanden!«, eine andere. Das »Over« ging in einem Rauschen unter. Wahrscheinlich waren sie jetzt außer Reichweite.

Stanni hatte keine Ahnung, was hier vor sich ging. Waren das andere Spieler? Aber ihre Skins hatte er noch nie gesehen. Und es gab keine Skins, die er nicht kannte, so viel war klar! Allerdings hatte er selbst seinen Skin in dem Moment verloren, wo er nicht mehr aus dem Spiel kam. Anderen Spielern müsste es doch auch so gegangen sein. Oder?

Die Sonne stand schon tief am Horizont, als Stanni sich aus seinem Versteck traute. Es war Zeit. Er wollte zurück zum Sägewerk, um sich dort in Ruhe umzusehen. Vielleicht würde er auch Looty wiederfinden. Die letzten Stunden über hatte er sich ziemlich gelangweilt, so ganz ohne jemanden zum Reden.

Vorsichtig pirschte er durch den Wald. Nach einer kurzen Suche erreichte er den Ort, an dem er von dem Riesen mit dem Schnurrbart eingeholt worden war. Und tatsächlich, da lag auch noch sein Hockeyschläger! Jemand hatte ihn fein säuberlich an einen Baum gelehnt. Sein Schuh und sein Rucksack waren ebenfalls dort. Nur Looty fehlte. Dafür lag etwas anderes auf seinem Rucksack. Stanni nahm das in Papier gewickelte Päckchen und öffnete es. Es war eine dicke, knusprige Stulle, belegt mit Käse, Tomaten, Salat und Gurken.

Stanni überlegte kurz, ob das vielleicht eine Falle war. Aber sein Hunger war zu groß. Seine Vorräte hatte er ausräumen müssen, um genug Platz für Looty im Rucksack zu schaffen. Falle hin oder her: Sein Magen knurrte, also biss er in das dicke Sandwich. Er kaute und mampfte und schlang. Und es schmeckte fantastisch. Eben noch hatte er sich aufgeschmissen und hungrig gefühlt, doch jetzt hatte er das Gefühl, dass es jemand gut mit ihm meinte.

Gestärkt und mit beiden Schuhen, Rucksack und Schläger ausgerüstet setzte Stanni seinen Weg fort. Die zunehmende Dunkelheit half ihm dabei, sich zu orientieren. Da das Sägewerk stets beleuchtet war, musste er nur auf den schwachen Schein zulaufen, den er vor sich sah.

Schon wenig später erreichte er die Haupthalle und schlich sich möglichst leise hinein. Von den komischen Typen war nichts mehr zu sehen, aber irgendetwas war anders. Nachdenklich sah Stanni sich um. Er hatte dieses Gebäude schon so oft im Spiel gesehen. Er wusste genau, mit welchem Trick man in die obere Etage kam und wo der Eingang zum Keller war, nämlich genau hinter dieser Wand, die vor ein paar Stunden noch … gefehlt hatte! Und da fiel es ihm wie Schuppen von den Augen. Das Sägewerk war repariert worden! Es gab keine Farbflecken mehr, keine fehlenden Wände, keine Kampfspuren … nichts! Alles wie neu. Jemand hatte gehörig aufgeräumt!

»Hey, Kleiner«, sagte eine brummige Stimme aus den Schatten.

Stanni machte vor Schreck einen Satz nach hinten.

»Lauf nicht weg, ich tu dir nichts.« Es war der große, dicke Bauarbeiter mit dem Schnurrbart, der jetzt ins Licht trat.

»7772 hat mir erzählt, dass du ihr helfen wolltest«, sagte er lächelnd und tätschelte die Kiste, die vor ihm auf einem weißen Tisch stand. Durch das Tätscheln wachte sie mit einem herzhaften Gähnen auf.

»Hallo, Stanni!«, grüßte sie begeistert.
»Looty!«, rief Stanni.
»Jetzt erzähl erst mal«, sagte der Bauarbeiter. »Wer bist du? Und was machst du hier so ganz allein?«

»Na ja, und jetzt bin ich hier. Aber ich habe keine Ahnung, wieso«, beendete Stanni seine Geschichte. Mittlerweile war es Abend geworden.
»Puh, Mann«, sagte der Bauarbeiter und nahm seinen weißen Helm ab. Darunter kam eine glänzende Glatze zum Vorschein. »Du kommst besser mit mir.«
Er hob Looty vom Tisch und stellte sie auf die Ladefläche des weißen Anhängers, in dem auch die anderen Goodie-Kisten friedlich vor sich hin schlummerten. Nachdem er die Ladefläche mit einem großen runden Deckel verschlossen hatte, sah der Anhänger aus wie ein riesiger weißer Golfball auf Rädern. Erst jetzt erkannte Stanni, dass sich dahinter ein sehr kleines weißes Auto versteckte. Die schwarzen Geländewagen hatten es vorher verdeckt. Es sah aus wie ein Kinderspielzeug aus einem Überraschungsei. Stanni konnte sich gar nicht vorstellen, dass der große Mann dort hineinpasste. Aber der stämmige Bauarbeiter zwängte sich gekonnt auf den viel zu kleinen Fahrersitz.
»Steig ein. Ich glaube, ich weiß, wer dir weiterhelfen kann«, sagte er.
»Okay!«, nickte Stanni. Auf dem Beifahrersitz war gerade genug Platz für ihn. »Wie heißen Sie denn eigentlich?«, fragte er, als sie losfuhren.
»Puhmann.«
Stanni musste ein Kichern unterdrücken. Puhmann? Echt jetzt?

Lies jetzt weiter auf Seite 37!

»**Ich habe keine Angst!**«, sagte Stanni zu sich selbst, nahm seinen ganzen Mut zusammen, atmete durch und sprach die Fremden an. »Meine Kiste und ich brauchen Hilfe!«, rief er und ging dem Bauarbeiter entgegen.

Der große Mann mit dem weißen Helm zog verwundert die buschigen Augenbrauen hoch und ließ den Arm sinken. Auch die seltsamen Strahlertypen mit den Gasmasken und den weißen Anzügen reckten die Hälse und schauten ziemlich irritiert drein. Sie hatten wohl nicht damit gerechnet, dass Stanni einfach um Hilfe bat. Nur die Anführerin ließ sich nichts anmerken. Sie marschierte zu dem verdutzten Bauarbeiter hinüber und flüsterte ihm etwas zu. Der zuckte mit den Schultern, sie schüttelte den Kopf. Beide drehten sich wieder um und starrten Stanni an.

»Wer bist du?!«, fragte die Frau gereizt. »Und was machst du mit der Kiste?«

Stanni fand sie ganz schön frech dafür, dass er die schwere Kiste den ganzen Weg geschleppt hatte. »Sie wollte, dass ich sie zum Sägewerk bringe«, gab er daher ebenso gereizt zurück. »Zum ... äh ... zur Wartungsstation.«

»Die Wartungsstation bin ich«, murmelte der Bauarbeiter. Die Spitzen seines Schnurrbarts wackelten beim Sprechen.

Stanni reichte ihm den Rucksack mit der schnarchenden Kiste darin. Der Bauarbeiter nahm Looty behutsam an sich und stellte sie ein paar Schritte entfernt auf einem weißen Tisch voller Kabel und Werkzeug ab. Dann drehte er sie vorsichtig auf den Kopf, zog eine kleine Lesebrille aus der Brusttasche seiner Latzhose und setzte sie auf. Mit Gerätschaften, die Stanni noch nie gesehen hatte, untersuchte der große Mann die Kiste.

Minuten vergingen, und niemand sagte ein Wort. Die Strahlertypen starrten Stanni an, als hätten sie noch nie einen Jungen mit Basecap gesehen. Die Anführerin blickte finster drein und musterte ihn von oben bis unten. Er versuchte es mit einem Lächeln, aber sie schaute ihn nur noch finsterer an.

Dann halt nicht, dachte Stanni und verschränkte die Arme vor der Brust. Grimmig gucken konnte er auch!

Nach einer gefühlten Ewigkeit schnaubte sie und drehte sich endlich zu ihren Leuten um. »Zurück an die Arbeit!«, donnerte sie.

Die Typen mit den Strahlern und den weißen Anzügen salutierten hastig und verteilten sich dann so schnell sie konnten in alle Himmelsrichtungen.

»Arbeit?«, wunderte sich Stanni. Was gab es denn hier zu arbeiten? Wie Angestellte des Sägewerks sahen die Soldaten nun wirklich nicht aus.

»Der Akku ist fast leer«, sagte der Bauarbeiter und riss Stanni aus seinen Gedanken. »Kein Wunder, dass 7772 so müde ist.«

Er nahm eines der Kabel vom Tisch, das zu einem gelb leuchtenden Dingsda führte. Wahrscheinlich eine große Batterie. Mit einem Klick schloss er das Kabel an Looty an.

»Hihihi!« Die Kiste lachte im Schlaf. Sie war wohl kitzelig.

»Ihr Schloss klemmt übrigens auch«, sagte Stanni.

Der Bauarbeiter blickte ihn kurz über seine viel zu kleine Brille hinweg an. Dann nickte er und griff nach einem Schraubenzieher, mit dem er an Lootys Schrauben herumdrehte.

»Puh, Mann«, murmelte er. »Der Junge hat recht. Das Schloss ist völlig eingerostet. Das muss ich komplett austauschen.«

»Aha!«, schaltete sich die Anführerin wieder ein. »Und warum wusste er das? Hat wohl versucht, sich ein bisschen was einzustecken, was?«

»Klar«, gab Stanni schulterzuckend zu. »Hat aber nicht geklappt.«

»So, so. Nicht geklappt hat das also«, sagte sie kühl.

Was war denn bitte ihr Problem? Stanni hatte das große Bedürfnis, sie nachzumachen, wie sie so übertrieben streng vor ihm stand. Aber er wollte keinen Streit mit den Strahlertypen riskieren, daher sparte er sich den Move lieber.

»Wie auch immer«, zischte sie und drehte sich wieder zu dem Bauarbeiter um. »Wir beenden jetzt den Einsatz im Sägewerk, und dann rücken wir in die Stadt aus. Kümmerst du dich um ... dieses Kerlchen hier, Puhmann?«

Stanni musste ein Kichern unterdrücken. Hatte sie wirklich »Puhmann« gesagt?

»Natürlich«, murmelte Herr Puhmann, der ganz in seine Arbeit vertieft war. Stanni war sich nicht sicher, ob er ihr überhaupt zugehört hatte. Während die Anführerin jetzt ihre übrigen Mitarbeiter herumkommandierte, kramte der Bauarbeiter nämlich einfach in seinem Werkzeugkoffer herum und sortierte die Kabel auf dem Tisch.

Als Stanni schon überlegte, noch mal auf sich aufmerksam zu machen, ertönte ein helles *PLING!* aus der Batterie. Der Kopf von Herrn Puhmann schoss nach oben.

»So! Der Akku ist wieder aufgeladen«, sagte er fröhlich.

Wie auf Kommando wachte Looty gähnend auf und blinzelte. »Hallo! Mein Name ist Looty!«, rief sie zur Begrüßung.

Herr Puhmann blickte die Kiste überrascht an. Im gleichen Moment blinkten hinter ihm auf der Ladefläche des weißen Anhängers Dutzende Augenpaare auf und begannen gleichzeitig zu plappern.

»Hallo, Looty! Ich bin Goodie-Kiste 631!«
»Hallo, Looty! Ich bin Goodie-Kiste 4002!«
»Hallo, Looty! Ich bin Goodie-Kiste 2345!«
»Hallo, Looty! Ich bin Goodie-Kiste 77!«

So riefen alle hundert Goodie-Kisten durcheinander. Es war ein unheimlicher Lärm. Zum Schluss rief der ganze Stapel im Chor: »Schön, dich kennenzulernen!«

Herr Puhmann verdrehte die Augen. »Das ist doch Goodie-Kiste 7772! Ihr kennt euch. Kein Grund durchzudrehen.« Die anderen Kisten kicherten, doch Herr Puhmann runzelte die Stirn. »Aber wieso hast du eine neue ID, 7772? Ist da noch etwas kaputt?«

»Das war wohl ich …«, gab Stanni grinsend zu.

Herr Puhmann lehnte sich zurück und atmete durch. Mit vor der Brust verschränkten Armen schaute er Stanni einen Moment lang ernst an.

»Du bist nicht von hier«, sagte er schließlich. »Es ist wohl besser, wenn du mir alles ganz von vorne erzählst.« Er klappte eine Brotdose auf und bot Stanni die Hälfte seines Sandwiches an.

»Danke!«, rief der und griff zu. Sein Magen knurrte schon seit Stunden. Dann begann er kauend mit seiner Geschichte.

»Also, das war so …«

»Puh, Mann«, sagte der kräftige Mann mit dem Schnurrbart und nahm seinen weißen Helm ab, unter dem eine Glatze glänzte. »Was für eine Geschichte!«

Erst jetzt bemerkte Stanni, dass es schon Abend geworden war. Hatte er wirklich so lange erzählt? Hinter ihm heulte ein Automotor auf. Stanni blickte sich erschrocken um. Die bewaffneten Typen in den Uniformen rauschten nach und nach in den schwarzen Geländewagen davon. Als sich der Staub ihrer quietschenden Reifen gelegt hatte, bemerkte Stanni, dass das Innere der großen Halle das Sägewerks jetzt anders aussah. Jemand hatte gehörig aufgeräumt und alles repariert! In der ganzen Fabrik gab es keine Farbflecken mehr, keine zerstörten Wände und keine Kampfspuren. Herr Puhmann klappte seinen weißen Arbeitstisch zusammen und schob ihn zu den gestapelten Goodie-Kisten in den Anhänger. Auch Looty fand hier ihren Platz.

»Bis gleich, Freunde«, sagte er. »Jetzt geht es erst mal in die Stadt zurück. Ihr seid erst in der nächsten Runde wieder dran.«

»Bis gleich!«, riefen die Kisten im Chor. Dann klappte Herr Puhmann einen großen runden Deckel über den Stapel und verschloss den Anhänger. Jetzt sah er aus wie ein riesiger weißer Golfball auf Rädern. Hinter dem Anhänger stand ein wirklich sehr kleines Auto, das vorher von den Geländewagen verdeckt worden war. Der Wagen sah irgendwie süß aus. Als wäre er gerade aus einem Überraschungsei geschlüpft. Viel zu klein eigentlich für den riesigen Herrn Puhmann, aber der zwängte sich geschickt in den engen Fahrersitz.

»Steig ein«, sagte er zu Stanni. »Ich glaube, ich weiß, wer dir weiterhelfen kann.«

Lies jetzt weiter auf der nächsten Seite!

EINE ÜBERRASCHENDE ERKENNTNIS

»Schnall dich an!«, sagte Herr Puhmann und trat aufs Gaspedal. Das kleine Auto zischte davon wie eine Silvesterrakete. Stanni wurde in den Beifahrersitz gedrückt und konnte gerade noch so seinen Gurt schließen. Der Wagen schoss vom Hof des Sägewerks, raste durch den Wald, und wenig später bretterten sie schon durch die Straßen von Trippy Town. Herr Puhmann griff nach einem kleinen Funkgerät neben dem Lenkrad. Alles im Auto war viel zu klein für seine riesigen Hände, aber den großen Mann schien das gar nicht zu stören.

»Hier P1. Erreiche Treffpunkt in einer Minute. Over!«, sagte er.

»Verstanden. Wir warten! Gruppe B ist auch fast fertig. Over!«, antwortete die Anführerin mit fester Stimme.

Stanni verdrehte die Augen. Er hatte echt überhaupt keine Lust, die schlecht gelaunte Frau wiederzusehen. Aber er hatte ganz offensichtlich keine Wahl.

Als Herr Puhmann in den engeren Straßen der Stadt ein wenig langsam fuhr, fielen Stanni auch hier weiß gekleidete Gestalten auf. Mit ihren Strahlern zielten sie auf die Häuser und … putzten sie? Ja, ihre Wasserstrahlen lösten die Farbkleckse an den Wänden und auf dem Boden auf. Andere Leute nutzen ihre Strahler wie einen riesigen Föhn und trockneten die frisch geputzten Stellen. Wieder andere saugten das Konfetti vom Rasen. Jetzt wurde Stanni klar, dass sie wahrscheinlich das komplette Chaos auf der Map, das jede Runde im Spiel nun mal so mit sich brachte, wieder beseitigten. Die Häuser, Laternen, Straßen und Bürgersteige. Alles sah wie neu aus!

Plötzlich bremste Herr Puhmann scharf. Sie hatten den Marktplatz erreicht. Über ihnen ragten die Trippy Town Towers in die Höhe. Wie ein

Stuntman riss Herr Puhmann das Lenkrad herum. Der Wagen schlitterte über den Asphalt. Überrascht und begeistert zugleich riss Stanni die Augen auf. Er liebte schnelle Autos, besonders in Spielen!

Sie drehten sich einmal um sich selbst, und als der Wagen zum Stehen kam, parkte er samt Anhänger im perfekten Abstand zwischen zwei schwarzen Geländewagen. Die reinste Achterbahnfahrt!

»Wow!«, sagte Stanni ehrfürchtig.

Der Bauarbeiter zwinkerte ihm zu und stieg aus. Dann klopfte jemand an Stannis Scheibe.

»Aussteigen!«, bellte die Anführerin.

Oha, die schon wieder, dachte Stanni, schnallte sich ab und stieg aus.

»Dieser Bug hier steht jetzt unter Arrest!«, sagte die Anführerin zu Herrn Puhmann und zeigte mit dem Finger auf Stanni.

»Ein Bug?!«, fragte der verärgert. »Ich bin doch kein ...!«

Herr Puhmann schüttelte den Kopf und legte den Finger auf die Lippen. Stanni sollte also besser schweigen.

Na toll, dachte er wütend. *Jetzt macht die hier Auge, und ich soll still sein.* Aber er sagte nichts. Immerhin befand er sich in einer fremden Welt und war auf die Hilfe dieser Leute angewiesen.

Nach und nach trafen weitere schwarze Geländewagen auf dem Marktplatz ein. Die Putzkolonnen mit den Strahlern stiegen aus und beobachteten Stanni neugierig. Mittlerweile stand der Mond am Himmel hinter den Türmen.

»Sind alle da?«, fragte die Anführerin nach einer Weile in strengem Ton.

Gruppe A und Gruppe B bestätigten.

»Gut.« Für Stanni klang sie nicht so, als würde sie überhaupt irgendwas gut finden. »Also, alles bereit für eine neue Runde? Alles wieder sauber und aufgebaut?«

Gruppe A und Gruppe B bestätigten erneut.

»In Ordnung. Dann alle zurück. Puhmann, du bringst den Bug weg.«

Der große Bauarbeiter schüttelte den Kopf. »Es ist schon spät. Arrest hin oder her. Der Junge fährt erst mal mit mir.« Es klang nicht, als ob er zu Verhandlungen bereit wäre.

Die Anführerin blickte erst Stanni und dann Herrn Puhmann an. Sie hatte unnatürlich blaue Augen. Kalt wie Eis. Sie zog eine Augenbraue hoch.

»Nun gut. Auf deine Verantwortung, Puhmann!«, sagte sie.

Ihr Blick fiel auf einen der Zeitungsstände auf dem Marktplatz. Ihre Augen wurden riesig. Er war noch zerstört.

»Was soll das denn bitte schön sein?!«, blaffte sie vorwurfsvoll, marschierte hinüber und betrachtete den Schaden.

»Wenn man nicht alles selber macht!« Sie zog ein kleines Tablet aus einer der vielen Taschen ihrer Uniform. Vor ihr in der Luft erschien eine Art durchsichtige Blaupause. Mit rasenden Fingern tippte sie auf dem Tablet herum, und das schematische Abbild legte sich über die Umrisse des eigentlichen Gebäudes. Ein weiteres Tippen, und der zerstörte Zeitungsstand setzte sich mitsamt Decke und Wänden wie von allein wieder zusammen.

»Niemand baut so schnell wie Baumeisterin Sonja«, sagte Herr Puhmann leise zu Stanni.

»Wir sind hier fertig!«, rief die führende Baumeisterin und schob den blauen Helm auf ihrem Kopf gerade. Dann drückte sie auf den Knopf einer kleinen schwarzen Fernbedienung am Gürtel ihrer Uniform. Plötzlich fing der Boden an zu zittern. Ein lautes Piepen schallte durch die Nacht. Es klang wie ein riesiges Baufahrzeug, das rückwärtsfuhr. Ein gleißender Lichtstrahl schoss aus dem Boden des Marktplatzes, und eine riesige Rampe senkte sich in die Tiefe. Lampen markierten den Eingang. Ein Tunnel!

Stanni war sprachlos. Damit hatte er nicht gerechnet. Er war Hunderte, wenn nicht Tausende Male über diesen Marktplatz gelaufen, aber davon hatte er nichts geahnt.

Baumeisterin Sonja setzte sich wortlos hinter das Steuer eines schwarzen Wagens. Die weiß gekleideten Typen mit den Strahlern sprangen ebenfalls in ihre Autos und ließen die Motoren aufheulen. Eins nach dem anderen fuhren die Fahrzeuge die Rampe hinunter in den Tunnel und verschwanden im Untergrund.

»Und was jetzt?«, fragte Stanni.

Herr Puhmann setzte sich wieder hinter das Steuer seines kleinen weißen Wagens und deutete auf den Beifahrersitz. Stanni stieg ein und schnallte sich an.

»Jetzt ...«, sagte Herr Puhmann geheimnisvoll. »Jetzt wirst du jemanden treffen, der dir vielleicht helfen kann. Ich hoffe, er hat gute Laune.«

IN DEN UNTERGRUND

Ein dumpfes Rumpeln schallte durch den Tunnel, während sich die große Rampe hinter ihnen wieder schloss. Herr Puhmann jagte sein Auto über die unterirdische Straße und schloss zu den anderen Fahrzeugen auf. Der Motor des kleinen weißen Wagens lief auf Hochtouren. Rasend schnell zogen die grob behauenen Felswände des Tunnels an Stannis Fenster vorbei. Herr Puhmann schwieg und schien in Gedanken versunken zu sein.

Über das Funkgerät ertönte Baumeisterin Sonjas Stimme: »Homebase, wir kommen. Wir haben den Bug dabei. Over!«

Stanni verzog das Gesicht. Sie nannte ihn schon wieder Bug! Diese Bezeichnung schmeckte ihm gar nicht.

Der Wagen verließ den Tunnel, und mit einem Schlag wurde es taghell. Eben war es doch noch Nacht gewesen! Stanni musste sich die Hand vor die Augen halten, so sehr blendete ihn das Licht.

Herr Puhmann brachte den Wagen mit quietschenden Reifen zum Stehen und stieg aus. Ihm schien die Helligkeit nicht viel auszumachen, Stanni aber konnte nur zwinkernd und blinzelnd hinterherstolpern. Erst als seine Augen sich langsam an das Licht gewöhnt hatten, erkannte er, wo sie eigentlich waren.

Vor ihnen lag eine Stadt. Eine vollständige, riesige, unterirdische Stadt!

Stannis Mund stand vor lauter Staunen weit offen. Damit hatte er nicht gerechnet. Dutzende von Gebäuden schmiegten sich bis in schwindelerregende Höhen an die Wände einer großen Höhle. Die Häuser wirkten wie bunt zusammengewürfelt, jedes einzelne sah so aus, als ob es aus vielen verschiedenen Häuserteilen zusammengeschustert worden wäre. Ein Mischmasch aus den unterschiedlichsten Stilen und Materialien. Backstein, Holz, Beton, Metall. Und alles schillerte in unzähligen Farben. Verwinkelte Wege und Gassen durchzogen die Viertel, und hier und da

durchbrachen riesige Baumkronen das Gewirr aus Dächern. Überall wehten farbenfrohe Fahnen und Banner im Wind. Gleiter glitten zwischen den Gebäuden umher.

Vor Stanni ragte eine gigantische Pyramide in die Höhe, die aus vielen bunten Einzelteilen zusammengeflickt schien. Jede Stufe der Pyramide war mit geheimnisvollen Bildern und Zeichen verziert. Ganz oben, über der Spitze der Pyramide, hing der Grund für die überraschende Helligkeit: eine freundlich leuchtende Morgensonne. Dabei waren sie doch in einer Höhle! Aber trotzdem schien dort die Sonne, ganz ohne Zweifel.

Herr Puhmann hatte bei den schwarzen Geländewagen auf dem Vorplatz der Pyramide geparkt, dessen Bodenfliesen das Mosaik eines riesigen Lamas bildeten. Dieser Ort wirkte älter als der Rest der Stadt. Pflanzen überwucherten die schiefen Fliesen und die Stufen der Pyramide. Die Farbe des Lamas war schon lange verblichen.

»Wow.« Stanni zog sich ehrfürchtig die Mütze vom Kopf.

»Willkommen in Los Lamas!«, sagte Herr Puhmann feierlich und breitete die Arme aus.

Los Lamas? Davon hatte Stanni noch nie gehört.

Im Halbkreis um sie herum standen die restlichen Typen mit den weißen Anzügen. Argwöhnisch starrten sie hinter ihren schwarzen Gasmasken hervor. Stanni machte instinktiv einen Schritt zurück und stolperte gegen jemanden.

»Pass auf, wo du hinläufst, Bug!«, blaffte Baumeisterin Sonja und blickte ihn verächtlich an.

Stanni ballte die Fäuste. Langsam hatte er wirklich genug von der Rumschubserei. Er hatte sich das Ganze hier doch auch nicht ausgesucht!

Gerade wollte er der Baumeisterin die Meinung sagen, da schallte eine schrille Stimme von der Spitze der Pyramide: »Habt ihr keine Manieren?«

Stanni fuhr herum und schaute nach oben. Dort sah er eine sehr kleine Person auf der obersten Pyramidenstufe stehen. Sie schien einen gekrümmten Stab in der Hand zu halten, den sie nun zweimal auf die oberste Treppenstufe stieß. Ein Schirm entfaltete sich am oberen Ende des Stabes und begann sich zu drehen, schneller und immer schneller, bis die Person vom Boden abhob und der wartenden Truppe entgegensegelte.

Die Leute in den weißen Anzügen und selbst Baumeisterin Sonja senkten ehrfürchtig den Blick, als die Gestalt auf dem Vorplatz landete. Sie entpuppte sich als kleiner kauziger Mann mit faltigem, braun gebranntem Gesicht, weißem Zauselbart und Sonnenbrille. An seinen Ohren klimperten große goldene Ohrringe, und sein riesiger lilafarbener Hut sah aus, als hätte er ihn einem Schlumpf gestohlen. Er trug Dutzende Schichten bunter Pluderhosen, Hemden und Stofffetzen übereinander und stützte sich beim Gehen auf den knorrigen Stab, der soeben noch ein Flugschirm gewesen war. Ein paar getrocknete und verkorkte Flaschenkürbisse klapperten daran herum. Auf seinem Rücken trug der Alte ein riesiges Buch in einem massiven Holzeinband. Dadurch sah er fast aus wie eine knorrige Schildkröte.

»Muss ich erst wieder dazwischengehen?«, rief der Alte.

»Verzeih, Herr Lama«, sagte Herr Puhmann respektvoll.

»Herr Lama?!«, staunte Stanni. Das musste ein Scherz sein. Es konnte doch niemand ernsthaft »Herr Lama« heißen! Hatte hier jeder so einen verrückten Namen?

»Kein Benehmen!«, fluchte Herr Lama vor sich hin. »Wer ist das?«

Der Stab mit den klappernden Kürbissen schoss in Stannis Richtung und hielt nur wenige Millimeter vor seiner Nasenspitze an. Der Junge schielte auf die krumme Spitze.

»Das ist der Bug, Herr Lama«, schaltete sich die Baumeisterin ein. Sie klang jetzt gar nicht mehr so streng wie vorher.

Herr Lama schnaubte und warf einen Blick in die Runde am Fuße der Pyramide. »Runter mit den Masken!«, rief er und schüttelte wütend seinen Stab. »Bug oder nicht! Wisst ihr nicht, was sich gehört?« Er hatte nur noch vier Zähne. Aber die standen ihm ausgesprochen gut.

»Ihr habt Herrn Lama gehört!«, rief Baumeisterin Sonja und nahm schnell ihren Helm ab. Auch die Mitglieder ihrer Putzkolonne zogen sich die schwarzen Gasmasken vom Gesicht. Zum ersten Mal konnte Stanni ihre Gesichter sehen. Die Gruppe war so bunt zusammengewürfelt wie die ganze Stadt. Männer und Frauen, Alte und Junge. Stanni hatte Soldaten mit militärischem Kurzhaarschnitt und finsterer Miene erwartet. Aber das hier waren nett aussehende und normale Leute. So normal wie die anderen Bewohner der Stadt, die jetzt nach und nach auf den Platz vor der Pyramide kamen und neugierig die Hälse reckten.

»Schon besser!«, rief Herr Lama. »Und jetzt …«

Der Alte hörte mitten im Satz auf zu reden. Während er sich verwirrt am Kopf kratzte, regte sich etwas unter den vielen Stoffschichten seines linken Hosenbeins. Das Etwas bewegte sich nach oben, über Herrn Lamas Bauch hinweg, brachte ihn kurz zum Kichern und krabbelte schließlich aus seinem rechten Ärmel. Es war ein Äffchen mit rotem Fell, schwarzem Kopf und rotem Backenbart. Es hatte stechend blaue Augen und einen langen schwarz-weiß geringelten, buschigen Schwanz. Von Herrn Lamas Arm aus schaute es interessiert in die Runde. Als es Stanni sah, legte es für einen Augenblick den Kopf schief, dann lief es flink zu Herrn Lamas Schultern hinauf und flüsterte ihm etwas ins Ohr.

»Hä? Was sagst du, Murmel? Wer?«, zischelte Herr Lama interessiert zurück.

Das Äffchen zeigte auf Stanni, und Herr Lama blickte verdutzt zu dem Jungen, schlug sich mit der Hand aufs Knie und sprang vor Freude in die Luft. Das Äffchen klammerte sich panisch an seinen Hut, um nicht herunterzufallen.

»Recht hast du, Murmel! Der mit der komischen Mütze ist neu!«, rief er, als wäre Stanni gerade erst aus dem Nichts aufgetaucht.

Stanni knirschte verärgert mit den Zähnen. Komische Mütze? Das musste der Freund Blase da gerade sagen.

Herr Lama lachte. »Der Neue hat sich einfach unter die anderen gemischt! Ihr habt wohl gedacht, der Alte hat sie nicht alle, was?! Der kriegt nix mehr mit? Aber da habt ihr euch geschnitten! Ha!« Er sprang mit einem Satz vor Stannis Füße und glotzte ihn durch seine Sonnenbrille an. Aus irgendeinem Grund roch er nach Zuckerwatte. Und waren das da Chipskrümel in seinem Bart?

»Erzähl es niemandem«, flüsterte er Stanni zu. »Aber ohne Murmel hätte ich bei den Verrückten hier schon lange den Verstand verloren!« Dabei tippte er sich an die Stirn.

Stanni starrte ihn nur an. Klarer Fall, der Alte war bekloppt.

»Ich habe mitgehört, was ihr angestellt habt!«, rief Herr Lama so laut in die Menge, dass der Affe und alle Umstehenden erschraken. Er zog einen kleinen Kopfhörer aus dem Ohr und zeigte ihn stolz in die Runde. Ganz so, als ob er gerade einen fantastischen Zaubertrick vorgeführt hätte. Die Menge schwieg wenig beeindruckt. Irgendwo in der Ferne bellte ein Hund.

»Halt das mal«, flüsterte Herr Lama dem Äffchen zu und reichte ihm den Ohrstöpsel. Murmel schnüffelte interessiert daran, leckte kurz darüber und warf ihn dann mit einem entsetzten Blick weg.

Herr Lama hielt Baumeisterin Sonja seinen Finger ins Gesicht. »Ob dieser Junge ein Bug ist, das entscheide nur ich!«

Sie lief rot an. »Natürlich, Herr Lama!«, antwortete sie und salutierte.

Der Alte pikste Stanni mehrmals mit seinem Stab in die Seite. »Ein bisschen sieht er ja schon aus wie ein Bug ...«

»Hey, nicht!«, protestierte Stanni.

Herrn Lama schien das nicht zu kümmern. Er pikste weiter. Wieder und wieder. Aber Stanni hatte genug. Genervt griff er nach dem Stab und hielt ihn fest.

»Ich habe gesagt, dass Sie das lassen sollen!«

Die versammelte Menge atmete vor Schreck laut hörbar ein. Entsetzt zog Herr Lama an seinem Stab. Stanni ließ nicht locker. Er hatte keine Lust mehr auf den ganzen Unsinn.

»Was fällt dir ein!«, rief Herr Lama. Der Affe sprang nervös auf dem Kopf des Alten herum. Ein Raunen ging durch die Umstehenden. Herr Puhmann aber zog lediglich eine Augenbraue hoch.

»Ihr wollt wissen, was ich bin?«, fragte Stanni die Leute sauer und hielt weiter den Stab fest. »Wer seid IHR denn überhaupt?! Ich habe ganz in Ruhe gespielt ... und gewonnen habe ich übrigens auch! Und zwar haushoch! Und plötzlich stecke ich hier fest und werde von diesem wirren Opi gepikt und als Bug beschimpft! Vielleicht seid ihr ja die Bugs!«

Die Bewohner reagierten empört. Andere als Bug zu bezeichnen war wohl okay, aber selbst wollten sie das nicht hören.

»Will er damit sagen, dass er ein Spieler ist?«, keifte eine Frau aus der Putzkolonne, die direkt neben Stanni stand. Es schien ihr egal zu sein, dass er sie hören konnte.

»Das soll ein Spieler sein?«, fragte jemand anders verächtlich. »Die habe ich mir aber viel größer vorgestellt!«

Herr Lama brach in schallendes Gelächter aus. Die Menge verstummte. Stanni ließ den Stab des Alten überrascht los. Der klopfte ihm auf die Schulter.

»Du gefällst mir, mein Junge!«, sagte er.

»Ich bin nicht Ihr ...«, setzte Stanni an, wurde aber von einem merkwürdigen Geräusch unterbrochen.

HICKS HICKS.

Es klang wie Schluckauf, nur viel lauter und irgendwie ... blechern? Wie aus einem kaputten Lautsprecher.

»Murmel, das gehört sich nicht!«, ermahnte Herr Lama seinen kleinen Affen. Doch der schüttelte den Kopf und zeigte auf Stannis Füße.

Die Blicke aller Anwesenden folgten seiner Bewegung, und auch Stanni sah an sich hinab. Neben seinem Turnschuh stand ein kleiner, lila leuchtender Würfel und blickte Stanni unschuldig mit großen Augen an. Er kaute an Stannis Schnürsenkel.

HICKS HICKS.

Bei jedem Hickser leuchtete das Würfelchen auf und verpixelte dabei. Gemütlich kaute es weiter. Stanni glaubte, ein zufriedenes Surren zu hören, das ihn an seinen PC-Lüfter erinnerte.

»Böser Flux!«, rief eine Mädchenstimme.

Zwei Kinder bahnten sich einen Weg durch die Menschenmenge. Ein Mädchen und ein Junge. Das Mädchen war ein wenig größer als der Junge, hatte zwei pinke Zöpfe, ein Pflaster auf der rechten Wange und trug Ellenbogen- und Knieschützer wie eine Skaterin. Der Junge hatte einen runden Kopf und rötlich braune Haare, die sich zu einer lustigen Frisur versammelt hatten. Er trug eine Brille mit großen runden Gläsern, ein hellgraues Hemd und braune Shorts. Dadurch sah er aus wie ein Pfadfinder. Die beiden waren etwas jünger als Stanni, und obwohl sie so völlig unterschiedlich gekleidet waren, ähnelten sie sich auf verblüffende Weise. Beide hatten sehr ähnliche Gesichtszüge, die gleichen Sommersprossen und die gleichen grünen Augen. Ganz klar Geschwister, vielleicht sogar Zwillinge.

Der Junge blieb neben Herrn Puhmann stehen, das Mädchen aber lief zu Stanni, beugte sich zu dem Würfel, der noch immer auf dem Schnürsenkel herumkaute, und schaute ihn streng an.

»Böser Flux! Aus!«, schimpfte sie erneut. Danach blickte sie zu Stanni. »Sorry, Flux liebt Schnürsenkel über alles.«

Der kleine Würfel würgte wie eine Katze und rülpste. Er hatte den Schnürsenkel wieder ausgespuckt. Lilafarbener Speichel funkelte dort, wo der Würfel ihn angekaut hatte.

Flux schmatzte zufrieden und würfelte über den Boden. Für einen Moment leuchtete er heller, dann löste er sich pixelig in Luft auf. Einen Augenblick später erschien er auf dem Arm des Jungen neben Herrn Puhmann, der ihn liebevoll streichelte. Flux surrte glücklich.

»Wow, wie hat er denn das gemacht?«, fragte Stanni.

»Flux ist ein Glitch!«, erklärte der Junge stolz. »Darum kann er glitchen. Papa hat ihn gefunden!«

Der Würfel surrte und sagte ... *FLUX*. Zumindest klang es fast so.

Herr Puhmann hatte die Hände in die Hüften gestemmt und schaute die beiden Kinder streng an. »Was macht ihr hier?«, fragte er. »Ihr wisst genau, dass ihr Flux nicht frei rumlaufen lassen sollt!«

»Wir haben uns Sorgen gemacht, weil du noch nicht zu Hause warst«, sagte der Junge. »Und die Nachbarn haben gesagt, jemand von außerhalb sei in der Stadt.« Er betonte das Wort »außerhalb« so, als wäre damit ein anderer Planet gemeint.

»Unser Herr Puhmann scheint Bugs und Glitches anzuziehen wie ein Magnet«, fauchte Baumeisterin Sonja unfreundlich.

Flux verpixelte kurz, als würde die Frau ihm Angst machen.

HICKS HICKS.

»Er glitcht auch, wenn er Fluxauf hat«, erklärte das Mädchen und guckte Baumeisterin Sonja böse an. »Das ist wie Schluckauf. Fluxauf kriegt er immer, wenn er Angst hat.«

»Oder wenn er aufgeregt ist«, ergänzte der Junge.

»Und wenn er sich freut«, sagte das Mädchen, stand auf und reichte Stanni die Hand. »Ich bin Tilly Puhmann. Schön, dich kennenzulernen.« Sie zwinkerte und flüsterte: »Die Erwachsenen haben alle einen Schaden. Halt dich besser an mich und meinen Bruder!«

Stanni grinste und schüttelte ihr die Hand. Tilly hatte einen festen Händedruck.

»Ich bin Philipp«, stellte er sich vor.

Tillys Bruder winkte ihm schüchtern zu und lächelte. »Paule«, sagte er.

Stanni schüttelte den Kopf. Paule Puhmann? Ihn überraschte hier gar nichts mehr.

»Philipp?«, wunderte sich Herr Puhmann. »Ich dachte, du heißt Stanni?«

»Tja. Wer weiß, was er uns noch verschweigt!«, schnaubte Baumeisterin Sonja. »Bestimmt ist er verantwortlich für den großen Glitch vor ein paar Tagen. Der Stromausfall danach dauerte drei Tage!«

»Und mit dem Schneesturm vorgestern im Norden des Tals hat der Junge sicher auch etwas zu tun!«, rief ein Mitglied der Putzkolonne sauer. »Wir haben es damals fast nicht vor der Spielrunde zurück unter die Erde geschafft. Was, wenn die Spieler uns gesehen hätten? Das ist doch nicht normal!«

»Was sagt das Buch, Herr Lama?«, fragte ein muskulöser Mann ängstlich. »Was sind das für Glitches?«

»Ja, was sagt das Buch?«, rief wieder ein anderer.

RUMMS!

Herr Lama hatte das Ende seines Stabes auf den Steinboden gerammt. Alle Köpfe drehten sich zu ihm.

»Tilly Puhmann hat recht!«, lachte der Alte schallend. »Wir haben alle einen Schaden! Aber ihr sollt trotzdem Antworten bekommen!« Er breitete feierlich die Arme aus. »Und ich werde sie euch in meiner unendlichen Weisheit geben! Ich werde sie euch sofort …« Er schaute auf die Uhr und riss die Augen auf. »Huch! Ist das aber schon spät … Murmel muss gleich Bett!« Es klang wie eine schlechte Ausrede. Das Äffchen guckte verdutzt. Müde sah es nicht aus.

»Aber so spät ist es doch noch gar nicht, Herr Lama!«, sagte Paule und zeigte auf die Sonne über der Pyramide.

Herr Lama drehte sich um und machte ein Gesicht, als hätte er die riesige Kugel, die dicht unter der Höhlendecke vor sich hin strahlte, gerade zum ersten Mal gesehen.

»Was? Ach ja?« Er hielt sich zwei Finger an die rechte Schläfe, schloss die Augen und murmelte ein paar geheimnisvolle Worte. Es klang wie »Verflixte Technik, nie funktioniert hier irgendwas. Alles muss man selbst machen«. Vielleicht war es aber auch ein Zauberspruch. Herr Lama ächzte und stöhnte. Seine Augenlider zitterten. Die Sonne flackerte auf und wechselte kurz die Farbe zu Grün und Blau und schließlich zu einem satten Sonnenuntergangs-Orange. Im gleichen Moment blitzten viele kleine Sterne an der Höhlendecke auf.

Herr Lama öffnete die Augen und blickte über seine Sonnenbrille hinweg in den Himmel. »Das ist schon besser!«

Überall in der Stadt gingen Laternen an, und die Lichter in den Häusern leuchteten auf. Einige der Bewohner von Los Lamas gähnten. Andere schüttelten verwirrt ihre Uhren am Handgelenk. Die meisten aber machten sich einfach auf den Weg nach Hause. Feierabend. Selbst Baumeisterin Sonja schien das Interesse verloren zu haben und schlenderte vom Platz.

Herr Lama nickte zufrieden. »Träumt was Schönes! Morgen werde ich wie jeden Mittag das große Buch aufschlagen. Dann werde ich euch auch alle Antworten geben. Also kommt diesmal gefälligst!« Er klopfte auf den riesigen Band auf seinem Rücken. »Bug oder kein Bug! Das ist die Frage! Und seid nicht wieder zu spät!«

Stanni schüttelte nur den Kopf. Der Alte hatte sie nicht mehr alle.

EINE ENTSCHEIDUNG

Herr Puhmann legte seine große Hand auf Paules Schulter. »Wir sollten auch nach Hause gehen.« Dann blickte er zu Stanni. »Du kannst mit zu uns kommen. Du musst etwas essen und brauchst einen Platz zum Übernachten.«

»Super!«, freute sich Tilly. »Paule und ich haben tausend Fragen!«

»Ja!«, rief Paule. »Und wir haben eine total bequeme Luftmatratze für dich!«

»Das klingt gut«, sagte Stanni lächelnd. Er war wirklich müde. Dieser Tag war einfach nur verrückt gewesen. Verrückt und anstrengend. Und er war froh, dass er nicht allein sein würde in dieser fremden Welt.

»Wozu deine Zeit mit Kindern vertrödeln!«, mischte sich Herr Lama ein. Mit dem Stab wies er hoch zur Spitze seiner Pyramide, über der sich die orangene Sonne langsam in einen Halbmond verwandelte. »Du bist was Besonderes! Komm mit mir. Ich muss deinen geheimnisvollen Fall schließlich untersuchen! Im Gegenzug werde ich mein immenses Wissen mit dir teilen. Es gibt kosmische Geheimnisse, von denen nur ich etwas weiß!«

Bei seinen Worten keifte der kleine Affe aufgeregt los und zog dem Alten an den zotteligen Barthaaren.

»Aua! Halt du dich da raus, Murmel!«, schnaubte Herr Lama und versuchte, den zappelnden Affen zu fassen zu kriegen. »Ich kann meine kosmischen Geheimnisse erzählen, wem ich will!«

Das Äffchen verschränkte beleidigt die kleinen Arme vor der Brust und schwieg.

Herr Lama beachtete es nicht weiter. »Aber ich muss dich warnen, Junge. Ich verzichte auf bequemen Schnickschnack jeder Art. Bei mir wird auf dem kalten Steinfußboden geschlafen! Also, was sagst du?«, fragte er und sah Stanni erwartungsvoll an.

»Schwierige Entscheidung«, gab Tilly zu bedenken. »Über kosmische Geheimnisse wissen wir nichts. Aber bei uns gibt es Burger zum Abendessen«, grinste sie.

Alle Blicke waren auf Stanni gerichtet. Nur Murmel schmollte noch immer.

»Kosmische Geheimnisse, bitte.« Stanni ist sogar bereit, dafür auf dem Steinfußboden zu schlafen.
Meinst du das ist eine gute Idee? Dann auf zu Seite 54.

»Auf zu Familie Puhmann!« Stanni muss nicht lange überlegen und übernachtet bei den Puhmanns.
Bist du sicher, dass die Geschichte so weitergehen soll? Dann lies jetzt weiter auf Seite 60.

»**Kosmische Geheimnisse, bitte**«, sagte Stanni. Ob das eine gute Idee war?

»Schade«, sagte Paule enttäuscht.

»Also ich kann es verstehen«, nickte Tilly. »Vielleicht sehen wir uns morgen!«

»Ja!«, rief Paule. »Dann kommst du mit uns in die Schule!«

Stanni verzog das Gesicht. Schule? Echt jetzt?

Aber Herr Puhmann nickte langsam. »Das ist keine schlechte Idee, Paule. Wir Erwachsenen müssen erst zur Arbeit, ehe wir besprechen können, was weiter passieren soll. In der Schule seid ihr sicher am besten aufgehoben.«

»Juhu, Schule«, seufzte Stanni gequält, aber wenigstens waren die Puhmanns nett und ... normal. Er winkte ihnen zum Abschied.

Herr Puhmann schlenderte mit den Kindern davon, und Stanni schaute ihnen hinterher. Wie es wohl bei ihnen zu Hause aussah? Und wie ein Burger hier in Los Lamas wohl geschmeckt hätte?

»Lass uns gehen«, sagte Herr Lama und deutete auf die Treppe zur Spitze der Pyramide. Sein Flugschirm drehte sich bereits über dem Holzstab, und der Alte schwebte in der Luft.

Stanni seufzte. Das war wirklich eine lange Treppe. Zu dumm, dass er nicht fliegen konnte. Herr Lama war schon viele Meter über ihm, als er den Fuß auf die erste Stufe setzte. Und mit jedem Schritt wirkte die Treppe länger und die Pyramide schwindelerregender.

»Du bist ganz schön lahm für dein Alter«, kicherte Herr Lama, als Stanni endlich die oberste Stufe erreicht hatte. Der Alte saß grinsend im Schneidersitz da, während Stanni sich mit den Händen auf den Knien abstützen und erst mal wieder zu Atem kommen musste.

»Das ist ... nicht ... lustig«, keuchte der Junge und wischte sich den Schweiß von der Stirn.

Herr Lama hatte trotzdem seine Freude. »Nur für dich nicht, Freund Stanni«, grinste er. »Heißt du eigentlich wirklich so? Stanni ist ein komischer Name.«

»Nicht so komisch wie Lama«, befand Stanni. »Mein Name steht für Standart Skill.«

Herr Lama sprang überraschend flink auf die Füße, sodass sein Affe beinahe von seiner Schulter gefallen wäre. »*Du* bist ... Standart Skill?!« Er watschelte auf den Jungen zu und nahm die Sonnenbrille ab. Kleine grauweiße Augen kamen zum Vorschein, mit denen er Stanni fassungslos anblinzelte. Kannte der alte Mann ihn etwa?

»Wir müssen uns beeilen!« Herr Lama lief wie von der Tarantel gestochen auf ein kleines eckiges Häuschen zu, das auf der obersten Ebene der Pyramide stand.

Was war denn in den gefahren? Stanni sah sich ungläubig um. Er wollte dem Alten folgen, aber die Aussicht ließ ihn innehalten. Von hier oben sah die Stadt winzig aus, aber auch richtig schön. Überall leuchteten Laternen auf den Straßen und Lampen in den Fenstern. Aus dieser Höhe wirkten die Bewohner fast wie Ameisen. Einige Meter unter ihm zogen Gleiter vorbei. Ein Gleiterflieger winkte ihm zu. Stanni winkte zurück. Los Lamas war ein lebendiger Ort. So eine verrückte Stadt hatte es im Spiel noch nie gegeben. Trippy Town und die anderen Orte im Tal Royal waren nur Kulissen für ihre Kämpfe gewesen. Hübsch anzusehen, aber kein Vergleich zu diesem Städtchen voll echter Menschen. Hier wohnten also die Putzkolonnen, die nach jeder Runde hinter den Spielern aufräumten. Aber so funktionieren doch Spiele nicht! Oder?

Stanni hörte ein merkwürdiges elektrisches Brummen in der Luft über sich. Er schaute nach oben. Der Mond hing nur etwa drei Meter über der Pyramide. Ein paar Kabel führten aus Herrn Lamas Häuschen in die Höhe zu dem Himmelskörper. Stanni kniff die Augen zusammen und schaute genauer hin. Der Mond war lediglich eine große Glühbirne, auf der das Bild eines Mondes flackerte wie auf einem Computerbildschirm. Sie hing an einem Haken an der Höhlendecke. Das erklärte zumindest, wie Sonne und Mond hier unter die Erde kamen.

Plötzlich schallte Herrn Lamas Stimme aus dem Inneren des Häuschens. »Ha! Standart Skill! 24 Punkte! Team-Score 43!« Kurz darauf kam Murmel nach draußen gehuscht, sprang auf Stannis Schulter und deutete hektisch auf den Eingang.

»Na gut«, sagte Stanni. »Kosmische Geheimnisse, ich komme.«

Kalter Steinfußboden? Von wegen. Der Alte hatte ihn glatt angelogen. Herr Lama saß auf einem bequem aussehenden Sitzsack aus grobem Leinen und Stroh vor einem riesigen, altmodischen Fernseher. Um ihn herum lagen jede Menge Chipstüten und Pizzakartons. Stanni erinnerte sich an die Chipskrümel, die er im Bart des Alten gesehen hatte. Die Schüsseln mit Gummibärchen erklärten seinen Zuckerwatte-Geruch. Ob die Bewohner wohl wussten, dass der Alte *so* lebte? Aber Stanni sollte es recht sein. Es war echt gemütlich hier. Mehrere Sofas und Sessel standen kreuz und quer im Zimmer verteilt. Hier und da lagen offene, vollgekritzelte Notizbücher. Dazu große und kleine Regale mit weiteren Büchern und ... waren das Videokassetten? Die hatte Stanni schon mal gesehen, bei seinem Opa. Aber eigentlich benutzte die doch niemand mehr. Trotzdem standen hier Hunderte herum. Alle waren mit krakeligen Titeln beschriftet. Sie waren so schwarz und eckig wie der Fernseher. Retro.

»Da bist du!«, sagte Herr Lama begeistert und klopfte mit dem Finger gegen den flimmernden Bildschirm. »Die Frau da! Das bist du, oder?«

Zuerst hatte Stanni Schwierigkeiten zu erkennen, was auf dem Bildschirm zu sehen war. Die Auflösung war richtig mies. Ein Standbild zitterte unruhig auf dem Röhrenmonitor. War das etwa ... Siren! Sein Lieblings-Skin. Sie war eingefroren in einem Tanz-Move. Über ihr stand das Wort »Gewonnen!«. Klar! Das war er. Während seines Siegestanzes.

»Ja ... das bin ich!«, staunte Stanni.

»Ich wusste es!«, rief Herr Lama und sprang von seinem Sitzsack. »Murmel! Das ist kein Bug! Das ist wirklich ein Spieler! Er hat die Wahrheit erzählt!«

Stanni runzelte die Stirn. Das hätte er dem Alten auch gleich sagen können, wenn er einfach gefragt hätte. Wieso machte der jetzt so ein großes Ding draus?

»Du siehst zwar aus wie jemand anders, aber du bist es trotzdem! Das ist ein historisches Ereignis!«, freute sich Herr Lama weiter – bis sich sein Blick in Entsetzen wandelte. Er griff nach dem Buch auf seinem Rücken und *RUMMS!* Mit einem Knall hatte er den schweren Band auf einen Tisch geworfen und schlug ihn auf. Er war voller handschriftlicher Notizen. Panisch blätterte der Alte darin herum und las die letzten Einträge.

»Hier steht nichts von dir …«, flüsterte er. Er zog sich seinen lila Hut vom Kopf und starrte Stanni mit zerzausten Haaren an. »Du dürftest gar nicht hier sein, Junge!«

»Ich weiß!« Stanni ließ sich auf einen Sessel fallen. »Das sage ich doch die ganze Zeit!«

Herr Lama nickte, als hätte er *endlich* verstanden. Er ließ sich in seinen Sitzsack sinken und begann zu erzählen …

Herr Lama schnarchte in seinem Sitzsack.

Stanni hatte Mühe, all die Erklärungen des Alten in seinen Gedanken zu ordnen. Herr Lamas Geschichte war unglaublich. Er studierte seit jeher heimlich alle Runden, die im Tal Royal gespielt wurden – und er war der Einzige, der das konnte. Es war nämlich streng verboten, sich im Tal aufzuhalten, wenn die Spieler ankamen. Niemand durfte gesehen werden! Daher hatte auch noch niemand in Los Lamas einen Spieler von Nahem gesehen.

Niemand außer Herrn Lama natürlich. Irgendwie benutzte er die Sonne über der Pyramide, die es in Los Lamas Tag sein ließ, während es draußen im Tal Nacht war, als Antenne, um den Kämpfen zuzuschauen. Er nahm sie auf Videokassette auf und analysierte sie Bild für Bild. Er kannte die Namen der besten Spieler, ihre Taktiken und Punktestände. Zu Beginn einer jeden Runde tauchten die Spieler über dem Tal auf und segelten zu Boden, um sich in spektakulären Schlachten zu bekämpfen. So viel war Herrn Lama klar. Doch woher kamen die Spieler? Wer waren sie? Das wusste er nicht. Für ihn war dies das größte Geheimnis überhaupt. Diese Fragen trieben ihn in den Wahnsinn. Hunderte von Notizbüchern und Zetteln hatte er mit wilden Theorien vollgekritzelt. Kein Wunder, dass der Arme einen Sprung in der Schüssel hatte.

Der alte Mann schlief unruhig. Murmel strich ihm mit dem Pfötchen über das weiße Haar. Dann und wann sammelte er Krümel aus seinem zauseligen Bart, steckte sie sich in den Mund und knusperte leise vor sich hin.

Stanni hatte Mitleid mit Herrn Lama. Der Alte hatte nicht geahnt, dass hinter den Skins normale Menschen wie Stanni steckten, die zu Hause zum Spaß spielten und das Tal Royal nur mit ihren Konsolen, Rechnern und VR-Brillen besuchten. Selbst nachdem Stanni versucht hatte, ihm das alles zu erklären, schien er es nicht zu begreifen. Herr Lama hatte fest daran geglaubt, dass die Spieler aus einer Stadt weit jenseits des Tals kamen. Oder vielleicht von den Sternen. Ein merkwürdiges Volk, in dem sich die Leute nicht bloß ähnlich sahen, sondern oftmals vollkommen glichen. Aber dass sie aus einer ganz anderen Dimension stammten, schien ihm nicht in den Kopf zu gehen.

Stanni ging es nicht viel besser. Von wegen »kosmische Geheimnisse« …! Herr Lama hatte ihm keine einzige Antwort gegeben. Stanni wusste noch immer nicht, wie er nach Hause kommen sollte oder wieso hier Leute unter dem Tal Royal wohnten. Eine ganze Stadt versteckt in den Tiefen eines Spiels? Das war doch verrückt!

Müde schaute er auf Herrn Lamas Buch. Was konnte an dem Ding so wichtig sein? Auf dem hölzernen Einband stand nichts. Dort war nur ein Symbol eingeritzt. Ein Lama.

Stanni gähnte. Er war hundemüde. Mit ein paar Decken machte er es sich auf der Couch so bequem wie möglich und zog sich die Baseball-Kappe über die Augen. Kurz dachte er an zu Hause und an seine Eltern, die sich bestimmt riesige Sorgen machten. Dann schlief er ein.

Lies jetzt weiter auf Seite 66!

»**Auf zu Familie Puhmann!**«, rief Stanni. Dafür musste er nicht lange überlegen. Er hatte erst mal genug von Herrn Lama und seinen Verrücktheiten. Außerdem knurrte sein Magen, und Burger klangen nach der perfekten Lösung.

HICKS HICKS machte der Würfel auf Paules Arm.

»Flux freut sich auch, dass du mit uns kommst!«, grinste der Junge. Auch Tilly war sichtlich begeistert.

»Wie du willst!«, schnaubte Herr Lama eingeschnappt und kehrte der Gruppe brummelnd den Rücken zu. Das Äffchen auf seiner Schulter winkte noch zum Abschied, als Herr Lama bereits seinen Flugschirm aus dem Stab sausen ließ und in die Luft abhob. Der Alte wurde kleiner und immer kleiner, und nur wenige Augenblicke später war er auf der Spitze der Pyramide verschwunden.

»Was steht in dem Buch eigentlich drin?«, fragte Stanni Herrn Puhmann und die Zwillinge, als Herr Lama außer Sichtweite war.

»Alles«, sagte Herr Puhmann bedeutungsvoll.

Stanni wunderte sich, welche kosmischen Geheimnisse er wohl hätte erfahren können.

Auf dem Weg zum Haus der Puhmanns hagelten die Fragen der Zwillinge so schnell auf Stanni ein, dass er gar nicht antworten konnte. Sie wollten wissen, wo er herkam, wie er hier gelandet war, wieso die Spieler immer wieder vom Himmel kamen, was sie hier wollten, welcher sein Lieblingsort im Tal war und so weiter.

Herr Puhmann versuchte die Zwillinge im Zaum zu halten. »Lasst den Jungen erst mal was essen. Danach ist Zeit für Fragen.«

Tilly und Paule nickten enttäuscht, sahen aber ein, dass ihr Vater recht hatte.

Die Straßen von Los Lamas wurden von bunten Papierlampen erleuchtet. Die Stadt bestand aus vielen kleinen, winkeligen Gassen, und Stanni hatte unglaubliche Lust, alle versteckten Ecken zu erforschen.

Über einer Holztür brannte ein Neonschild in Form einer Suppenschüssel. Unter dem Schild schlürften einige schmatzende Gäste Nudelsuppe. Dem Restaurant gegenüber kam gerade ein kleines Grüppchen

Menschen aus einer Tanzschule und flosste ausgelassen auf der Straße. Hier wurde also auch getanzt! Wie im Spiel.

Bis auf ein paar schicke schwebende Mopeds, die über den Asphalt glitten, und vereinzelte Gleiter gab es hier keine Fahrzeuge. Für Autos wären die Pfade auch viel zu eng gewesen, darum hatten Herr Puhmann und die Putzkolonne ihre Wagen auf dem Vorplatz stehen lassen. *Seltsam*, dachte Stanni. Los Lamas war ein lebendiger Ort. Aber im Spiel gab es solche bewohnten Gegenden gar nicht. Das Tal Royal war immer nur eine schicke, ausgefeilte Kulisse für die Kämpfe der Spieler gewesen. Hier aber wohnten und lebten Leute! So wie die Putzkolonnen, die nach einer jeden Spielrunde hinter den Spielern aufräumten. Auch das war seltsam. So funktionierten doch Spiele nicht! Oder?

Stanni fiel auf, dass die Bewohner der Stadt überall die Hälse nach ihm reckten. Sie hatten wohl schon von ihm gehört. Einige schauten interessiert, andere sahen ziemlich unzufrieden damit aus, Stanni zu sehen.

»Der Bug«, flüsterte ein dümmlich aussehender Jugendlicher seinen Freunden zu. »He, Bug!«, rief er dann zu Stanni hinüber. »Wie wär's, wenn du dahin zurückgehst, wo du hergekommen bist?«

Herr Puhmann krempelte die Ärmel seines Hemdes hoch. »Wie wär's, wenn du deine Klappe hältst?«

Der Jugendliche schwieg. Aber sein Blick sagte mehr als tausend Worte. Und keines davon war nett.

»Tut mir leid«, sagte Tilly ernst. »Der Typ ist echt ein Idiot. Wir hatten hier noch nie Leute von außerhalb.«

»Nicht schlimm«, log Stanni. Ihm schlugen die Blicke der Leute auf den Magen. »Ich wäre ja auch lieber zu Hause«, seufzte er.

Jemand tippte ihm auf die Schulter. Es war Paule, der immer noch Flux auf dem Arm trug.

»Willst du Flux mal halten?«, fragte er. »Wenn er bei mir ist, geht's mir immer gleich besser.«

»Klar!«, sagte Stanni.

Paule nahm Flux in die Hände und hielt ihn Stanni entgegen. Der kleine Würfel verpixelte und verschwand. Einen Augenblick später tauchte er leuchtend auf Stannis Arm auf. Er fühlte sich elektrisch an. Die

Härchen auf Stannis Armen richteten sich auf und knisterten. Flux lächelte ihn an und surrte. Er war ganz warm. Wenn Flux tatsächlich ein Glitch war, dachte Stanni, dann mochte er Glitches.

»Gut, oder?«, fragte Paule.

Stanni nickte und streichelte Flux.

»Keine Sorge!«, sagte Tilly entschlossen. »Wir helfen dir, nach Hause zu kommen.«

Stanni nickte. Er hoffte, dass sie recht behielt.

Im Haus der Puhmanns, einem kleinen roten Gebäude mit großem Balkon und einem Windrad auf dem Dach, war der Tisch bereits gedeckt, doch von Frau Puhmann fehlte jede Spur. Dafür klebte ein kleiner Zettel am Ofen: »Muss noch mal zur Arbeit, fangt schon mal an! Mutti«

Stanni befürchtete schon, dass sie nun selbst das Abendessen kochen mussten, was für seinen leeren Magen viel zu lange gedauert hätte. Doch Paule drückte einfach auf ein paar Knöpfe am Ofen, in dem es zu summen und zu rumpeln begann. In verschiedenen Kanistern, die an den Ofen angeschlossen waren, stiegen Blasen auf, es blubberte und zischte. Nach wenigen Sekunden ertönte ein helles PLING, und die Ofentür sprang auf. Im Inneren standen vier perfekte Burger mit herrlich zerlaufenem Käse und einer saftigen Tomatenscheibe.

»Wow!«, staunte Stanni. »Wie hast du das gemacht?«

Paule zuckte mit den Schultern und holte die Teller aus dem Ofen. »Den Ofen hat meine Mama gebaut. Sie ist Erfinderin. Jeder hier hat jetzt so einen. Wie macht ihr denn bei dir zu Hause das Essen?«

»Deutlich umständlicher«, lachte Stanni und setzte sich an den großen runden Esstisch in der Mitte der Küche.

Auch die anderen setzten sich und begannen, ihre Burger zu essen. Stanni probierte erst ganz vorsichtig, immerhin war das Ding von einer Maschine aus blubbernden Flüssigkeiten erschaffen worden. Aber zu seiner großen Erleichterung schmeckte der Burger absolut perfekt. Für Nachschub sorgte der Ofen ebenfalls auf Knopfdruck.

»So ein Teil brauche ich auch!«, nuschelte Stanni mit vollem Mund, während er seinen zweiten Burger verdrückte. Diesmal hatte er extraviel Käse, Pommes und Orangensaft dazu bestellt.

Die anderen waren bereits fertig.

»Puh, Mann«, seufzte Herr Puhmann und klopfte sich die Wampe. Er hatte drei Burger verdrückt. Zufrieden zwirbelte er an seinem Schnurrbart herum und schloss die Augen. Paule warf ein Stückchen Käse von seinem Teller auf den Boden. Unter dem Tisch leuchtete es kurz lila auf, und ein elektronisches *RÜLPS* war zu hören.

»Hey!«, rief Tilly. »Du weißt doch, was passiert, wenn du Flux Käse gibst!«

Paule grinste sie an. Unter dem Tisch flackerte es wieder lila auf ...

PUPS PIEPS PUPS.

Stanni schoss vor Lachen sein Orangensaft aus der Nase.

»Entschuldigung!«, schnaufte er in seine Serviette. Wie peinlich. Aber die Puhmanns lachten mit ihm.

»Noch findest du das lustig!«, sagte Tilly kichernd. »Aber Flux schläft in *deinem* Zimmer.«

»Der pupst auch nicht schlimmer als du«, stichelte Paule.

Tilly pfefferte ihm ein Küchentuch an den Kopf.

»Kinder!«, sagte Herr Puhmann, ohne sich einen Millimeter zu bewegen. »Denkt dran, was eure Mutter sagen würde.«

»Keine Pupswitze am Tisch«, seufzte Paule und verdrehte die Augen.

»Küchentücher haben Flugverbot«, sagte Tilly und verdrehte ebenfalls die Augen.

Herr Puhmann lächelte zufrieden.

Nach dem Essen war für die beiden Zwillinge die Zeit der Fragen gekommen. Stanni versuchte ihnen zu erklären, was er wusste, doch das war nicht wirklich viel. Nur dass er aus einer anderen Welt kam und dass Spieler im Tal Royal Skins benutzten, die anders aussahen als sie selbst. Und natürlich, wie er nach der letzten Runde plötzlich allein in Trippy Town zurückgeblieben war. Ohne Skin und ohne Skills.

Für die Puhmanns war das alles völlig neu. Sie hatten zwar von den Spielern gehört, aber noch nie einen gesehen. Herr Puhmann erklärte, dass es allen in Los Lamas so ging. Sie räumten nach den Spielrunden auf, doch niemand durfte sich oben im Tal befinden, wenn die Spieler kamen. Daher war auch noch nie jemand einem Spieler begegnet.

Das war alles so kompliziert! Stanni konnte sich gar nicht vorstellen, wie das sein musste, nicht zu wissen, was außerhalb dieser Höhle vor sich ging. Schon allein der Versuch strengte ihn so sehr an, dass ihm immer öfter die Augen zufielen. Nach den Ereignissen des letzten Tages war er einfach nur geschafft und hundemüde.

FUMP!

Stanni drehte sich erschrocken um. War er etwa eingeschlafen? Wie lange hatte er gepennt?

Herr Puhmann stand neben einer großen Luftmatratze, auf der bereits eine frisch bezogene Bettdecke und ein pummeliges Kopfkissen lagen.

»'tschuldigung«, murmelte er. »Diese selbstaufblasenden Dinger sind etwas laut. Ich glaube, es wird langsam Zeit zum Schlafengehen.«

Er deutete über Stannis Schulter. Ein sanftes Schnarchen war zu hören. Stanni blickte sich um. Tilly und Paule waren mit den Köpfen auf der Tischplatte eingeschlafen.

»Morgen gehst du mit den Zwillingen zur Schule, in Ordnung?«, flüsterte Herr Puhmann. »Wir Erwachsenen müssen erst zur Arbeit, ehe wir besprechen können, wie es weitergehen soll. Ich habe den Direktor schon angerufen und ihm Bescheid gesagt.«

Stanni nickte gequält. Auf Schule hatte er ja mal so gar keine Lust. Oder auf frühes Aufstehen.

Herr Puhmann ging zum Tisch hinüber und nahm Tilly in den linken Arm und Paule in den rechten. *Praktisch, wenn man so große Hände hat*, dachte Stanni müde. Mit den schlafenden Zwillingen auf den Armen beugte sich der große Bauarbeiter zu Flux hinunter, der gleich auf ihn zugewürfelt kam und freudig blinkte.

»Pass gut auf unseren Gast auf, ja?«, sagte er leise. Dann richtete er sich wieder auf und wandte sich an Stanni. »Wenn du etwas brauchst … Flux kennt sich hier aus, er zeigt dir alles. Fühl dich einfach wie zu Hause.«

FLUX.

Stanni nickte und bedankte sich. Herr Puhmann löschte das Licht und verließ den Raum, um die Zwillinge in ihr Zimmer zu bringen. Stanni ließ sich müde und vollgefressen auf die Luftmatratze fallen. Er sollte sich wie zu Hause fühlen? Wie zu Hause … Seine Eltern machten sich bestimmt schon Sorgen um ihn.

Flux würfelte zur Luftmatratze hinüber und begann zu surren. Sein pulsierendes Leuchten tauchte die Küche immer wieder in ein beruhigendes lila Licht.

Lila. Dunkelheit. Lila. Dunkelheit. Lila. Dunkelheit … und schon war Stanni eingeschlafen.

Lies jetzt weiter auf der nächsten Seite!

VIEL ZU FRÜH!

Die unnatürliche Morgensonne leuchtete blass an der Höhlendecke von Los Lamas. Die Stadt war in dichten Nebel gehüllt. Stanni hatte geschlafen wie ein Stein, bis er durch eine laute Stimme geweckt worden war. Herr Lama hatte noch vor Sonnenaufgang bei den Puhmanns angerufen und darauf bestanden, Stanni und die Zwillinge bis zur Schule zu begleiten. Das wäre sicherer, meinte er. Und auch wenn Stanni viel lieber weitergeschlafen hätte – frühes Aufstehen mochte einfach niemand! –, so lief er doch jetzt mit Herrn Lama, Tilly und Paule durch das Handwerkerviertel von Los Lamas. Murmel schlummerte wie ein Schal um den Hals des Alten. Die Zwillinge hatten ihre Schultaschen dabei. Tilly trug außerdem einen zusammengeklappten Gleiter auf dem Rücken.

Trotz der frühen Stunde herrschte schon emsiges Treiben in den Geschäften und Werkstätten. Überall wurde gehämmert und geschrubbt und geschuftet.

»Muss ich wirklich mit in die Schule, Herr Lama?«, wollte Stanni wissen. Er konnte sich nicht erklären, wie ihm ein muffiges Klassenzimmer dabei helfen sollte, nach Hause zu kommen.

Herr Lama blieb abrupt stehen und blickte Stanni ernst an. »Du weißt nichts über diese Welt, Spieler Standart Skill. Und diese Welt weiß nichts über dich. Als Lama kenne ich zwar viele Geheimnisse, aber du bist mir ein Rätsel. Daher muss ich erst ein paar Nachforschungen anstellen. Und damit du in der Zeit keinen Unsinn anstellst«, sagte er und pikste Stanni wieder mit seinem Stock, »will ich dich an einem sicheren Ort wissen. Die Welt der Macher ist gefährlich!«

Stanni schaute Herrn Lama verständnislos an. »Die Welt der Macher?«

»Sieh dich doch um!« Der Alte zeigte mit seinem Stab auf eine Schmiede zu seiner Rechten. Eine blond gelockte Schmiedin mit Oberarmen dick wie Baumstämme hämmerte vor ihrer Werkstatt auf einem glü-

henden Stück Metall herum, dass die Funken nur so flogen. Mit einer Zange nahm sie das glimmende Eisen vom Amboss und tauchte es in einen Kübel mit Wasser. Es zischte und dampfte, ehe die Schmiedin das geschmiedete Etwas wieder herauszog und ihre Arbeit betrachtete.

Stanni erkannte die Form. Es war der Doppellauf einer Konfetti-Flinte. Er liebte das Teil. Sie eignete sich perfekt für den Nahkampf. Mit der Flinte hatte er schon so manche ausweglose Situation im letzten Moment in einen Sieg verwandelt. Das war im Skin von Siren gewesen, bevor er seine Skills verloren hatte. Bevor er hier gestrandet war. Bei dem Gedanken ließ er den Kopf hängen.

Herr Lama klopfte Stanni mit seinem Stab gegens Schienbein und riss ihn so aus seinen Grübeleien.

»Hey!«, protestierte der Junge. »Ich habe nur drüber nachgedacht, dass es diese Waffe auch im Spiel gibt!«

Herr Lama verdrehte die Augen. »Natürlich gibt es das Ding auch im Spiel! Es gibt sie nur, weil *wir* sie machen, du Grünschnabel!«

»Hier werden auch Tränke gebraut«, sagte Paule und zeigte auf das nächste Haus. Dort rührten zwei bärige, schwitzende Männer in Unterhemden in einem riesigen Kupferkessel. Ein dritter schöpfte lilafarbene Flüssigkeit aus dem Kessel in kleine Flaschen, die Stanni nur zu gut kannte: Heiltränke! Der Duft von Früchten, Ingwer und ... Energy-Drinks wehte aus der Brauerei herüber. Verrückt. Im Spiel hatte er sich nie gefragt, wonach die Dinger rochen oder schmeckten.

»Wow!« Stanni war baff. »Das wird alles in Los Lamas hergestellt? Und was macht ihr dann mit den ganzen Sachen?«

»Ich zeig's dir«, sagte Tilly, lief zu einer Lagerhalle auf der gegenüberliegenden Straßenseite und winkte die anderen zu sich. Stanni und die Zwillinge spähten durch ein halb offenes Fenster in das Innere der Halle. Mehrere Arbeiter liefen herum und schleppten Goodie-Kisten zu einem großen Tisch. Sie hatten gelbe Bauarbeiteranzüge an und trugen weiße Helme mit einem »P«. Am Tisch wurden die Goodie-Kisten von sechs Frauen und Männern mit grünen Hemden in Empfang genommen. Alle saßen auf Drehhockern und hatten ein »B« auf dem Rücken. Jeder von ihnen bekam eine Box.

»Guten Morgen, Schlafmütze«, säuselte eine der Arbeiterinnen in Grün zu ihrer Goodie-Kiste.

Ein anderer klopfte seiner Box behutsam auf die Seite und sagte: »Aufwachen, Kumpel.« So ging es reihum. Die Truhen erwachten gähnend und öffneten klappernd ihre Deckel. Dann befüllten die Arbeiter sie mit glänzenden Waffen, Munition und Tränken aus großen Holzkisten, die hinter ihnen standen und auf die das Wort »LOOT« gedruckt war.

»Die mit den weißen Helmen tragen die gleiche Uniform wie euer Vater«, flüsterte Stanni, um die Arbeiter nicht zu stören. »Wofür steht das ›P‹? Puhmann?«

Tilly versuchte, sich ein Lachen zu verkneifen. »Nee! Das ›P‹ steht für ›Platzierer‹! Das heißt, dass sie für den Transport der Goodie-Kisten zuständig sind. Hier und später dann auch oben im Tal.«

»Papa ist auch Platzierer ... Chefplatzierer sogar«, ergänzte Paule leise und reckte den Hals, damit er besser in die Halle sehen konnte. »Eigentlich müsste er hier irgendwo sein ...«

Stanni nickte anerkennend. »Und das ›B‹? Lasst mich raten ... das steht für Befüller?«

»Bingo, Stanni!«, lachte Herr Lama laut. Er quetschte sich zwischen sie ans Fenster und rasselte mit seinem Kürbisstab. »Hey, arbeitet schneller!«, brüllte er. »Was soll unser Gast sonst von uns denken?«

Die Arbeiter in der Halle sprangen vor Schreck auf und starrten sie entgeistert an.

»Guten Morgen, Stanni!«, unterbrach eine der Truhen auf dem Tisch die unangenehme Stille. »Guck mal!« Sie winkte mit ihrem Deckel. »Ich habe ein brandneues Schloss!«

Stanni grinste, als er die Stimme erkannte. Das hier mussten die Kisten sein, die Herr Puhmann gestern aus dem Tal Royal nach Los Lamas mitgenommen hatte.

»Huhu, Looty!«, rief er zurück und winkte ebenfalls, bis sich plötzlich ein großer Schatten von innen vor das Fenster schob und ihm die Sicht versperrte. Ein sauber gezwirbelter Schnurrbart kam zum Vorschein.

»Hallo, Papa!«, grinste Tilly.

Herr Puhmann lächelte leicht genervt. Wortlos deutete er mit seinem riesigen Zeigefinger die Straße hinunter.

»Was meinst du damit?«, fragte Paul betont ahnungslos. »Sollen wir zur Schule gehen?«

»Oder willst du nicht bei der Arbeit gestört werden?«, ergänzte Tilly mit einem verschlagenen Lächeln. »Du musst dich schon genauer ausdrücken, Papa.«

Herr Puhmann legte den Kopf schief und zog eine seiner buschigen Augenbrauen hoch, als wollte er sagen, dass sie ganz genau wussten, dass er *beides* meinte.

Tilly und Paule riefen gleichzeitig: »Wir müssen dann mal weiter, Papa!«, und machten sich schnell mit Stanni aus dem Staub.

Herr Lama wackelte ihnen kichernd hinterher. »Jetzt weißt du schon etwas mehr über die Welt der Macher!«, sagte er feierlich, als er die drei wieder eingeholt hatte. »Aber das war erst der Anfang. Es gibt noch viel zu lernen. Und darum gehst du jetzt zur Schule!« Herr Lama schwenkte seinen Stab mit den rasselnden Kürbissen so heftig durch die Luft, dass Murmel aus seinem tiefen Schlaf gerissen wurde. Das Äffchen sprang auf der Schulter des Alten nervös auf und ab.

»Ich weiß, ich weiß«, beruhigte Herr Lama seinen kleinen Gefährten. »Wir haben auch etwas Dringendes zu erledigen.«

»Was haben Sie denn vor?«, fragte Stanni. Er hatte die Hoffnung nicht aufgegeben, dass Herr Lama ihm doch noch helfen würde, in seine eigene Welt zurückzukehren.

»Ich muss vor der nächsten Runde hoch ins Tal! Bevor deine Mitspieler da oben wieder alles kurz und klein schießen ...«

»Vor der nächsten Runde?«, wunderte sich Stanni.

»Klar! Jeden Tag startet eine neue Runde«, sagte Paule und deutete auf eine Uhr am Wegesrand. Die lilafarbenen Zahlen zeigten einen Countdown. Es waren genau 5 Stunden und 12 Minuten bis zur nächsten Runde. Stanni hatte gar nicht darüber nachgedacht, dass das Spiel überhaupt noch weitergehen würde. Aber klar. Darum wurden weiter Goodie-Kisten befüllt und Tränke gebraut! Trotzdem seltsam. Hier gab es nur eine Runde pro Tag? Zu Hause spielte Stanni, sooft und wann er wollte.

Herr Lama klopfte mit seinem Stab auf den Boden. Der Flugschirm entfaltete sich an der Spitze und begann sich zu drehen.

»Ich werde mir den Ort ansehen, an dem du in unsere Welt geglitcht bist«, erklärte er. »Vielleicht finde ich dort Antworten auf dieses Rätsel.«

»Kann ich mitkommen?«, fragte Stanni aufgeregt. »Ich könnte Ihnen zeigen, wo das war! Vielleicht kann ich ja in der nächsten Runde einfach wieder mitspielen und dann das Spiel verlassen? Und bestimmt sucht mein Kumpel Max nach mir!«

Herr Lama schüttelte den Kopf. »Das ist alles zu gefährlich! Du bist nicht mehr der Standart Skill, der du einmal warst. Du hast keinen ... wie nanntest du das doch gleich? Ach ja, Skin! Keinen Skin und keine Skills! Im Spiel hast du keine Chance.«

Stanni wollte protestieren, aber Herr Lama hatte recht. Er rieb sich über den Ellenbogen, den er sich gestern aufgekratzt hatte. Als Spieler konnte man sich nicht verletzen. Aber er war kein Spieler mehr. Doch was war er dann? Und was konnte er überhaupt noch tun?

Da kam ihm eine Idee. Rasch stellte er seinen Rucksack vor sich auf den Boden und kramte darin herum. Da war es! Er drückte Herrn Lama sein Notizbuch in die Hand. Der Alte blätterte neugierig darin herum.

»Ich habe eine Karte gezeichnet«, erklärte Stanni. »Dort können Sie sehen, welche Glitches es in der letzten Runde gab und wo alles angefangen hat.«

Herr Lamas Augen weiteten sich. Sein Flugschirm drehte sich schneller und schneller, und dann hob der Alte mit seinem Äffchen auf der Schulter ab.

»Deine Karte ist Gold wert!« Er schwebte höher und immer höher. »Und vergesst nicht: Um 12 Uhr sollen sich ausnahmsweise *alle* Bewohner von Los Lamas zur Rundeneröffnung an der Pyramide einfinden! Auch ihr! Kommt nicht zu spät!«

»Aber wieso erst dann?«, wollte Stanni fragen, doch Herr Lama war schon in den Schatten zwischen den Felsen der Höhlendecke verschwunden. Es schien mehr als einen Weg ins Tal zu geben.

FLUX!, erklang es aus Paules Schultasche. Der kleine Würfel hörte sich besorgt an.

»Oh nein!«, rief Paule. »Flux hat recht! Wir kommen zu spät zur Schule!«

»Nicht schon wieder!« seufzte Tilly.

Die Zwillinge rannten die Straße hinunter. Stanni lief hinterher. Gemeinsam stürmten die drei durch das Handwerkerviertel. Tilly klappte im Laufen ihren Gleiter aus, hüpfte auf eine Kiste und schwang sich von dort aus in die Luft.

Wow!, dachte Stanni. *Was für Skills!*

Er war so abgelenkt von Tillys Stunt, dass er im Vorbeilaufen eine Frau anrempelte, die einen Stapel Schleimfallen über die Straße trug. Eine der Fallen purzelte auf den Boden und begann zu piepen. Es machte *SCHPLORZ*, und plötzlich waren die Frau, drei umstehende Passanten und die Straße hinter Stanni mit einer klebrigen pinken Schleimschicht überzogen.

»Entschuldigung!«, rief er über die Schulter, hielt aber nicht an. Sie mussten sich beeilen, um mit Tilly und ihrem Gleiter mitzuhalten.

Das geht ja schon mal gut los heute, dachte er.

Paule lachte nur.

DIE SCHULE VON LOS LAMAS

Zur Schule war es nicht weit. Schon aus der Entfernung sah Stanni die große Glaskuppel auf dem Gebäude. Im Inneren der Kuppel wuchs ein riesiger Baum – einzelne Äste ragten durch geöffnete Fenster nach draußen.

Tilly drehte eine kurze Runde durch die Luft und landete elegant neben Stanni und Paule. Sie klappte ihren Gleiter wieder ein und rannte die letzten paar Meter mit ihnen zusammen.

Am Schulgelände angekommen, bemerkten die drei eine Gruppe von Schülern und Erwachsenen, die vor einem der Nebengebäude wild durcheinanderriefen. Das Gebäude hinter der Menschentraube leuchtete und flackerte seltsam. Stand das Haus etwa in Flammen? Nein ... statt Rauch stiegen ... Pixel auf!

Stanni und die Zwillinge drückten sich zwischen den Leuten hindurch nach vorne. Jetzt konnten sie sehen, dass die Außenwände des Gebäudes nicht brannten, sondern lila flackerten und halb durchsichtig waren, sodass man in die Zimmer des Hauses hineinschauen konnte. Auch dort pixelte und flimmerte alles.

»Was ist das?«, wunderte sich Stanni.

Tilly sah besorgt aus. »Wieder so ein Glitch!« Sie tippte einer anderen Schülerin auf die Schulter. »Hey. Sag mal, ist jemandem was passiert?«

Das Mädchen drehte sich um. Sie hatte einen neonorangen Pferdeschwanz und trug eine neonorange Zahnspange. »Nee, aber es war knapp. Wenn der Schulleiter nicht seinen Morgenspaziergang gemacht hätte, dann hätte es ihn geglitcht!« Sie zeigte auf die Büsche neben dem Haus. Der größte von ihnen war nur noch eine durchsichtige lila 2D-Fläche und flimmerte ungleichmäßig.

»Das passiert in letzter Zeit immer häufiger ...«, flüsterte Paule Stanni ängstlich zu.

Stanni fragte sich, ob das die gleichen Glitches waren, die dafür gesorgt hatten, dass er hier war.

»Platz machen!«, rief eine ernste Frauenstimme. Baumeisterin Sonja. Sie und drei andere Baumeister bahnten sich zügig einen Weg durch die Menge. »Schnell! Stabilisiert die Wände, bevor sie sich ganz auflösen!«

Sonjas Baumeister schwärmten zu den Seiten des Hauses aus und drückten auf ihren Tablets herum. Die flimmernden Wände vor ihnen hörten auf zu flackern und bekamen langsam wieder ihre normale Farbe. Baumeisterin Sonja stürmte in Stannis Richtung. Sie schien ihn zunächst nicht zu bemerken, doch dann blieb sie im Vorbeilaufen an dem Hockeyschläger hängen, den er auf seinem Rücken trug. Ihr Kopf fuhr herum. Sie erkannte Stanni sofort und schaute ihn finster an. Dann stieß sie ihn zur Seite.

»Hey!«, protestierte er.

Sonja ignorierte ihn und kniete sich vor den flackernden Busch. Hektisch versuchte sie, ihn mit ihrem Tablet zu entglitchen. Die Pflanze leuchtete kurz hell auf, aber dann wurde das Flackern schwächer. Das 2D-Bild erlosch wie eine Kerzenflamme. Nur ein paar einzelne Pixel blieben übrig und lösten sich nach und nach in Luft auf. Der Busch war fort.

Baumeisterin Sonja sprang wutentbrannt auf. »Ich hoffe, du bist stolz auf dich!«

»Ich hab doch gar nichts gemacht!«, erwiderte Stanni.

»Ach ja?«, rief sie sauer. »Nichts kann diese Pflanze jetzt noch zurückbringen! Wir können Häuser bauen. Straßen. Gleiter. Aber keine Pflanzen oder Lebewesen! Beim nächsten Glitch erwischt es vielleicht einen von uns! Aber das ist dir bestimmt auch egal, großer Spieler?!«

Ein furchtsames Raunen ging durch die Menge. Schon wieder starrten ihn alle an.

»Das ist der Bug! *Er* ist schuld an den Glitches!«, schrie ein blonder Junge, der einen Kopf größer war als Stanni. Er grinste fies.

Hatte er etwa recht? War Stanni wirklich schuld an dem Unfall?

Ein lautes Donnern erklang. Die Erde erzitterte. Über ihren Köpfen schwebte jemand mit Helm und Raketenrucksack herab! Stanni und die meisten anderen Schaulustigen wichen überrascht zurück. Die Zwillinge schien das nicht zu kratzen.

Es war eine Frau. Eineinhalb Meter über dem Boden deaktivierte sie ihr Jetpack und ließ sich fallen. Mit einem *RUMMS* schlugen ihre Stiefel auf dem Asphalt auf. Die Luft roch nach Kerosin. Stanni klappte die Kinnlade runter. Sie hätte einen perfekten Skin abgegeben! Das Outfit erinnerte ihn an eine Flugpiratin mit ultramodernem Helm.

Die Frau richtete sich zu voller Größe auf und stellte sich schützend vor Stanni. »Was genau ist ein Bug, Belix?«, fragte sie. Der Helm verzerrte ihre Stimme.

Der blonde Junge guckte irritiert aus der Wäsche. »Ein Bug ist ... äh ...«, stammelte Belix. »Also ...«

»Ein Bug ist ein Programmfehler, der zu Problemen im Spielablauf führt«, sagte die Frau bestimmt. »Im Moment solltest *du* in der Schule sein. *Du* störst den Ablauf. Bist *du* also auch ein Bug?«

»Nee«, sagte Belix kleinlaut.

»Gut. Und darum ist unser Gast auch kein Bug!«, rief die Frau in die Runde. »Und jetzt ab in die Schule. Wir sehen uns gleich im Klassenzimmer! Tilly, Paule ... ihr und euer Freund bleibt hier. Ich will kurz mit euch sprechen.«

Die Menschentraube löste sich langsam auf. Die Jugendlichen und einige Erwachsene liefen ins Schulgebäude. Stanni und die Zwillinge blieben zurück. Baumeisterin Sonja warf der Frau einen finsteren Blick zu, dann wandte sie sich wieder den Reparaturen am Haus zu.

Stanni lehnte sich zu Paule hinüber. »Wer ist das denn?«, flüsterte er hinter vorgehaltener Hand. »Die ist megacool.«

»Das ist ... unsere Mutter ...«, seufzte Paule. Ihr Auftritt schien ihm peinlich zu sein. »Sie ist Lehrerin an unserer Schule.«

»Teilzeit«, ergänzte Tilly und zwinkerte Stanni zu. »Eigentlich ist sie Erfinderin!«

»Das ist eure ... Mutter?« Stanni fühlte sich, als würde er einen Star treffen.

Als die Frau den Helm abnahm, kamen rotbraune Haare zum Vorschein wie bei Paule. »Du bist also unser Besucher«, stellte sie fest und lächelte Stanni freundlich an. »Schön, dich kennenzulernen. Du bist ein echter Spieler, habe ich gehört?«

Er nickte.

»Darüber muss ich unbedingt mehr erfahren«, sagte sie. »Aber erst mal steht Schule auf dem Plan! Los, ihr drei, kommt mit!«

EIN ETWAS ANDERER UNTERRICHT

In der Mitte des Hauptgebäudes der Schule von Los Lamas stand ein mächtiger, knorriger Baum. Seine Krone reichte bis in die Glaskuppel hinauf, die Stanni schon von Weitem gesehen hatte. Um seinen dicken Stamm wanden sich unzählige Schlingpflanzen.

Frau Puhmann nickte in Richtung des Baums. »Na, Paule? Hast du deine Hausaufgaben gemacht?«

»Ja, Mama. Äh, Frau Lehrerin …«, antwortete der und lief den anderen voraus auf das grüne Dickicht am Stamm zu. Er streifte seine Schultasche ab, legte die Hände an den Mund und machte ein seltsames Geräusch. Er klang wie ein übelgelauntes Eichhörnchen mit Verdauungsproblemen. Einen Augenblick lang geschah nichts. Dann raschelte es vor Paule im Gebüsch. Überall sausten kleine grüne, blaue und gelbe Schatten über die Äste und verschwanden gleich wieder zwischen den Zweigen und Blättern. Stanni fühlte sich beobachtet. Jetzt summte Paule eine Melodie, und diesmal klang es, als ob ein betrunkenes Eichhörnchen einen Party-Hit schmetterte. Stanni, Tilly und Frau Puhmann traten näher und blieben hinter ihm stehen.

»Monstertraining ist eines unserer schwierigsten Schulfächer«, wisperte Frau Puhmann Stanni zu. »Aber Paule hat Talent.«

Paules Summen schien Wirkung zu zeigen. Aus den Büschen sprangen mehr als zehn kleine Kreaturen auf einen großen Ast und wiegten sich zu seiner Melodie. Einige von ihnen sangen sogar mit! Sie waren etwa so groß wie Stannis Basecap. Ihre Körper waren ganz pelzig, bis auf ihre Gesichter. So waren ihre glänzenden Knopfaugen und die kleinen Münder mit den Vampirzähnchen gut zu erkennen. Einige der Monsterchen hatten Hörner, andere lange Ohren.

Tilly lehnte sich vorsichtig zu Stanni, um die Monster nicht zu verjagen. »Das sind Fussel. Wir trainieren sie, damit sie die Spiele oben im Tal nicht stören.«

Stanni wunderte sich, wie diese knuffigen, lustigen Dinger denn das Spiel stören sollten. Da fiel ihm ein kleiner Fussel mit schwarzem Fell auf, der zu ihren Füßen hinter einem Grasbüschel herausgeschlichen kam. Er sah sich verdächtig um. Paule bemerkte das Tierchen nicht. Er summte weiter, und die anderen Monsterchen tanzten weiter auf ihrem Zweig. Der Fussel am Boden grinste verschlagen. Stanni beobachtete, wie er sich zu Paules Schultasche schlich und kichernd sein Pausenbrot herauszerrte.

Ein Geräusch erklang aus dem Inneren der Tasche: *FLUX!* Ein kleiner lila Blitz traf den Dieb an seinem fusseligen Hintern. Sein Fell stand ihm in alle Richtungen zu Berge. Er kippte um. Dampf stieg von seinem Körper auf. Flux kam aus der Tasche gewürfelt und stupste das kleine Wesen an.

»Äh ...« Stanni zupfte an Paules Hemd und zeigte auf den bewusstlosen Fussel.

Der Junge lachte und schüttelte den Kopf. »Ich hätte es wissen müssen.« Er klatschte in die Hände. Das Monsterchen riss die Augen auf und sprang wie ein Flummi empor. Es schien kurz nachzudenken, dann schnappte es sich Paules Pausenbrot und lief blitzschnell zurück ins Gebüsch. Paule schaute die anderen Fussel an, die verlegen weitertanzten und so taten, als hätten sie mit der Sache rein gar nichts zu tun. Sie wirkten nicht sehr überzeugend.

»Tut nicht so!«, sagte Paule streng. »Ich weiß, dass ihr mit ihm unter einer Decke steckt.«

Die Monsterchen kicherten ertappt und versteckten sich flink im Unterholz. Ab und zu hörte man sie schmatzen und rülpsen.

»Vertrau keinem Fussel«, sagte Tilly ernst. »Sie klauen einfach alles.«

Stanni musste daran denken, wie oft ihm schon ein Trank oder eine Waffe vor der Nase weggbuggt war. Dahinter steckte also gar kein Programmierfehler, sondern wahrscheinlich diese kleinen Viecher hier!

Frau Puhmann legte Paule die Hand auf die Schulter. »Um solche Situationen während der laufenden Runden zu vermeiden, haben wir Monstertrainer in Los Lamas. So wie Paule einer werden will.«

»Immerhin habe ich sie schon so weit, dass sie tanzen, während sie mich beklauen«, meinte Paule schulterzuckend. »Alles eine Frage des Trainings. Am Anfang hat Flux mir auch dauernd Elektroschocks gegeben.«

»Ist Flux auch ein Monster?«, fragte Stanni.

»Nee.« Paule nahm den Würfel auf den Arm und schulterte seine Tasche. »Flux ist einzigartig. Er ist nach einem Glitch aufgetaucht. So einem wie vorhin beim Haus des Schulleiters. Darum nennen wir ihn Glitch.«

»Und darum mögen die Leute ihn nicht«, sagte Tilly und streichelte Flux. »Sie hassen alles, was mit den Glitches zu tun hat.«

Das ist wie bei mir, dachte Stanni. *Ich bin auch ein Glitch.*

Frau Puhmann führte Stanni und die Zwillinge zu einem fast vollbesetzten Klassenzimmer. Die anderen Schüler starrten Stanni misstrauisch an. Er stellte sich kurz vor und setzte sich neben Tilly auf einen freien Platz. Ein Junge hinter ihm kicherte dämlich. Er erkannte ihn gleich wieder.

»Wie hieß der Paulberger da noch mal?«, flüsterte er Tilly zu und nickte in Richtung des blonden Jungen. »Felix?«

»Nee, Belix!«, antwortete Tilly leise.

»Nebelix, alles klar«, zwinkerte Stanni.

Tilly musste sich das Lachen verkneifen.

Frau Puhmann leitete den Unterricht. Zunächst stand Gleit-und-Sprung-Theorie auf dem Lehrplan. Die anderen Schüler gähnten gelangweilt, Stanni aber hing an den Lippen der Lehrerin. Für ihn war alles neu und aufregend. So sollte Schule sein! Er erfuhr zum Beispiel, warum die Jetpacks aus dem Spiel genommen worden waren. Früher hatte Stanni die Dinger geliebt! Frau Puhmann erklärte, dass die alten Jetpacks nicht zuverlässig funktioniert hätten und das Spiel dadurch unfair wurde. Sie selbst arbeitete an einer verbesserten Version der Raketen-Rucksäcke. Stanni hoffte, dass er sie später zu einem Testflug überreden konnte.

Als Nächstes nahmen sie die Grundlagen des Gleiterbauens durch. Frau Puhmann ließ die Schülerinnen und Schüler Papierflieger basteln, um dann an den fertigen Modellen zu zeigen, welche Formen für spezielle Flugmanöver am besten geeignet waren. Mit Papierfliegern kannte sich Stanni perfekt aus. In seiner eigenen Schule hatte er im Unterricht oft nichts anderes gemacht!

Er war froh, dass er mit Tilly zusammenarbeiten durfte und nicht mit jemandem wie Belix klarkommen musste. Tillys Entwurf sah auch gar nicht übel aus, aber Stanni brachte ihr noch seine geheime Falttechnik bei. Sie warf den verbesserten Flieger zum Test in die Luft. Er flog einen Doppel-Looping und landete direkt in Belix' Gesicht.

»Aua!« Belix sprang wutentbrannt auf.

Tilly war begeistert. »Wow! Das Teil muss ich unbedingt in groß nachbauen! Ich kann es nicht erwarten, so was in echt zu fliegen!«

Belix teilte ihre Begeisterung ganz und gar nicht. Er nahm das Papiermodell und zerknüllte es demonstrativ. Dabei zog er eine übertrieben

traurige Grimasse in Stannis Richtung. »Oh schade. Da musst du wohl gaaaanz von vorne anfangen, du Angeber!«

»Wer ist hier ein Angeber, du Tryhard?«, schnauzte Stanni. Vielleicht war er ein Glitch. Aber ein Angeber war er sicher nicht!

Belix schielte zu Frau Puhmann, die gerade damit beschäftigt war, anderen Schülern zu helfen. Er grinste. »Wer ist hier ein Angeber?«, äffte er Stanni nach. »Ich bin doch nur der arme kleine Stanni. Die Besserwisser-Zwillinge helfen mir beim Essen und Windelnwechseln, weil ich ein Spieler ohne Skills bin.«

Das hatte gesessen. Solche Idioten fanden immer die empfindlichste Stelle. Der Spieler ohne Skills! Mann, war Stanni sauer. Er hatte nicht übel Lust, diesem Kerl sofort eine zu verpassen. Doch da klingelte die Pausenglocke. Alle Schüler sprangen auf.

»Vergesst nicht«, übertönte Frau Puhmann das aufkommende Stimmengewirr. »Nachher um 12 Uhr wird Herr Lama wie jeden Tag aus dem großen Buch vorlesen. Aber diesmal sollen wirklich alle kommen, also seid bitte pünktlich an der Pyramide!«

Belix packte seine Sachen und lief grinsend aus dem Raum.

»Was für ein Feigling!«, schnaubte Stanni.

»Der hält sich für was Besonderes, weil seine Mutter Baumeisterin ist«, sagte Paule.

»Lass mich raten«, erwiderte Stanni. »Baumeisterin Sonja?«

»Yep«, nickte Tilly und sammelte Stannis zerknitterten Flieger vom Boden. »Merkt man, oder?«

Frau Puhmann hatte ihre Unterrichtsmaterialien zusammengesucht und winkte die drei zu sich. »Lass dich nicht ärgern, Stanni«, sagte sie verständnisvoll. »Wir sehen uns gleich bei der Versammlung. Ich werde versuchen, mit Herrn Lama zu reden. Wir finden bestimmt einen Weg, dich nach Hause zu bekommen.«

»Wenn jemand das kann, dann Mama!«, sagte Tilly stolz und klopfte Stanni hart auf die Schulter.

Der nickte zuversichtlich. Aus dem Augenwinkel sah er Belix, der im Türrahmen stand und sie belauschte. Als der andere Junge merkte, dass Stanni ihn gesehen hatte, machte er sich schnell aus dem Staub.

Die nächsten Schulstunden vergingen wie im Flug. Im Tanzunterricht stellte sich Stanni nicht so geschickt an. Im Spiel musste er für eine Tanzeinlage nur ein paar Knöpfe drücken. Jetzt fiel ihm auf, wie kompliziert selbst die normalsten Moves waren. Er kam ständig durcheinander, was ihm fieses Gelächter von Belix und seinen Freunden einbrachte. Paule und Tilly hingegen lieferten eine richtig gute Performance ab.

Der Sportunterricht machte Stanni mehr Spaß. Er fand nicht in einer Turnhalle statt, sondern auf dem Schuldach. Zumindest anfangs. Vom Dach aus segelten die Schülerinnen und Schüler mit Trainingsgleitern auf einen Übungsplatz hinter dem Hauptgebäude. Hier übten sie Gleitschirmsprünge, trainierten mit Hoverboards und mussten mit Hilfe von Gravity-Blöcken und Sprungplattformen Hindernisse überwinden. Bei den meisten Übungen brauchte Stanni natürlich Hilfe. Er hatte sich ja bislang nur als Siren in dieser Welt bewegt. Trotzdem machte er recht schnell gute Fortschritte und überholte bei einem Flugmanöver sogar den schmollenden Belix. Mit Tilly aber konnte es keiner in der ganzen Klasse aufnehmen. Wenn sie durch die Luft sprang und segelte, war sie ganz in ihrem Element. Sogar Paule staunte, was seine Schwester für Stunts hinlegte.

DIE TÜR

In der großen Pause nach dem Sportunterricht schlenderten die Zwillinge und Stanni durch einen Schulflur. Vor einem riesigen gelben Plakat blieb Stanni stehen.

»Talentwettbewerb: Zeig, was in dir steckt!«, las er laut vor.

»Ja, heute Abend!« Paule klang begeistert. »Mit etwas Glück kann man da ein Praktikum für seinen Traumjob gewinnen.«

»Lass mich raten ...« Stanni tat so, als ob er grübeln würde. »Monstertrainer?«

»Erraten.« Paule nickte. »Ich führe der Jury den Fusseltanz vor. Und diesmal tanze ich mit. Und Flux auch, wenn er kein Lampenfieber hat.« Paule nahm den kleinen Würfel aus seiner Tasche. Der Glitch lächelte ihn an und surrte.

Tilly sah skeptisch aus. »Ich hoffe, dass deine Fussel nicht hinterrücks das Publikum beklauen.«

»Was willst du denn vorführen?«, fragte Stanni sie.

Tilly klopfte auf ihre Tasche. »Ich hab einen Düsenantrieb für meinen Gleiter gebaut. Muss das Teil nur noch dranschrauben. Wieso nur gleiten, wenn man auch fliegen kann?«

»Falls du dann noch hier bist, kannst du natürlich auch mitmachen!«, schlug Paule vor.

Stanni war sich nicht sicher, ob er das wollte. Ohne seine Skills fühlte er sich wie ein Niemand.

»*Der* und Talentwettbewerb?«, erklang eine verächtliche Stimme hinter ihnen. »Was soll euer Bug da schon machen? Papierflieger basteln? Oder den weltschlechtesten Tänzer abgeben?«

Es war Belix, der ihnen mit drei weiteren Jungs den Weg versperrte. Er hielt ein Tablet in der Hand, das genauso aussah wie die von Baumeisterin Sonja und ihrer Bautruppe.

Tilly ließ sich nicht einschüchtern. »Wenigstens drückt er nicht nur auf 'nem Tablet rum.«

»Das nennt man *bauen*, du Streberin!«, giftete Belix zurück.

»Bildchen anklicken kann jeder«, erwiderte Paule abfällig.

Langsam schien Belix richtig sauer zu werden, aber er sagte nichts mehr. Stattdessen drückte und wischte er mit schnellen Fingern auf seinem Tablet herum. Vor ihm in der Luft erschien ein blau leuchtender Bauplan. Einen Moment später setzten sich mitten im Schulflur Metallstreben zu einer Tür zusammen. Über der Tür stand in lila leuchtenden Buchstaben »Spiel verlassen«.

Stanni schluckte. War das wirklich ein Ausgang aus dem Spiel?

»Ich habe die Blaupause im Geheimarchiv meiner Mutter gefunden. War gut versteckt! Du musst mir nicht danken, Bug. Es ist besser für alle, wenn du Los Lamas nicht weiter unsicher machst. Und den anderen Bug da kannst du auch gleich mitnehmen!« Er zeigte auf Flux, der sofort Fluxauf bekam.

Stanni wusste nicht, was er sagen sollte. Er wollte nach Hause. Aber konnte das wirklich so leicht sein?

»Sei lieber vorsichtig«, zischte Paule.

»Wenn das ein Scherz ist, dann gibt's richtig Ärger!«, knurrte Tilly.

Belix zuckte nur mit den Schultern. »Hey! Ich versuche bloß zu helfen. Aber wenn ihr nicht wollt ... mir egal!«

»Ich muss es versuchen!« Stanni öffnet die Tür, um endlich nach Hause zu kommen.
Findest du, dass er das tun sollte? Dann lies jetzt gleich weiter auf Seite 84.

»Deine Hilfe brauche ich nicht!« Stanni erteilt Belix eine Absage und läuft einfach weiter.
Willst du, dass es so weitergeht? Dann blättere jetzt vor zu Seite 86.

»Ich muss es versuchen!«, sagte Stanni. Es wäre ihm lieber gewesen, wenn Frau Puhmann oder Herr Lama ihm geholfen hätten statt dieses Idioten. Aber womöglich war das hier seine einzige Chance!

»Danke für alles.« Stanni wusste nicht, ob er die Zwillinge umarmen sollte oder ob sie sich dafür noch nicht gut genug kannten, daher winkte er nur kurz zum Abschied und lief langsam auf die Tür zu. Sie hatte keinen Türgriff. Dafür erschien auf der Oberfläche eine digitale Anzeige mit einem Handabdruck. Gespannt legte er seine Hand auf das kühle Metall. *Endlich nach Hause*, dachte er. Ein letzter Blick über die Schulter zu den Zwillingen, dann schob sich die Tür zischend auf – und Hunderte schleimiger, weicher Glibberbälle sprangen Stanni entgegen. Sie schleimten ihn und den kompletten Schulflur ein. Stanni rutschte aus und landete auf dem Boden. Belix und seine Freunde konnten sich kaum halten vor Lachen.

»Oh, seht nur, der Bug ist hingefallen!«, rief einer.

»Der Arme will doch nur zu seiner Mami!«, schrie ein anderer.

Tilly half Stanni auf. Auch Paule eilte ihm zu Hilfe.

Belix kippte fast um vor Lachen. »Der will ein Spieler sein? Der hat ja null Skills!«

Haha, das wäre ein bisschen zu easy gewesen, oder? Unser Kollege Stanni hat's echt nicht leicht. Aber keine Sorge, wir kriegen den Jungen schon irgendwie wieder nach Hause. Aber eben noch nicht jetzt. Erst gibt's noch Rambazamba! Daher lies jetzt weiter auf Seite 87!

»**Deine Hilfe brauche ich nicht**«, sagte Stanni und wollte einfach an Belix vorbeilaufen.

»Du hältst dich wohl für clever, Bug!« Belix grinste fies. Er drückte wieder auf seinem Tablet herum. Die Tür, die er eben mitten auf dem Schulflur hatte erscheinen lassen, schob sich mit einem verdächtigen Zischen auf – und Hunderte schleimiger, weicher Glibberbälle sprangen Stanni entgegen. Sie schleimten ihn und den kompletten Schulflur ein. Stanni rutschte aus und landete auf dem Boden. Belix und seine Freunde konnten sich kaum halten vor Lachen.

»Oh, seht nur, der Bug ist hingefallen!«, rief einer.

»Der Arme will doch nur zu seiner Mami!«, schrie ein anderer.

Tilly half Stanni auf. Auch Paule eilte ihm zu Hilfe.

Belix kippte fast um vor Lachen. »Der will ein Spieler sein? Der hat ja null Skills!«

Uff, das war's ja mal komplett! Ohne Spaß, dieser Belix ist echt ein ätzender Kerl. Aber klar, als ob es so easy wäre, wieder aus der Welt zu kommen, und dann wäre die Geschichte zu Ende. Will ja auch keiner. Also lies lieber weiter auf der nächsten Seite!

SCHLEIMER

»Mach dir nichts draus«, sagte Tilly. »Gegen Typen wie Belix kann man nur verlieren. Der trollt immer, egal, was man tut.«

Aber Stanni hatte genug. Sein Puls raste. Klar, sie hatte recht. Doch er verlor wirklich nicht gern. Eine Niederlage in einen Sieg zu verwandeln war dagegen eine seiner Spezialitäten. Und er hatte einen Plan.

Stanni zog seinen Hockeyschläger hervor, schlitterte einen Meter über den schleimigen Flur und schob dabei einen der Schleimbälle vor seinem Schläger her wie einen Puck. Er zielte und schlug den Ball mit dem Hockeystick auf Belix und seine Freunde. Sofort suchte er ein weiteres Geschoss und noch eins und noch eins. Stanni ließ eine Glibberkugel nach der anderen auf Belix und seine Freunde niederhageln. Jeder Schuss war ein Treffer! Die Bälle blieben an den Gesichtern der Jungs kleben, auf ihren Shirts und Hosen.

Belix ließ vor Schreck sein Tablet fallen. Das Display zersplitterte auf dem Boden. In wenigen Sekunden hatte Stanni alle vier Jungs von oben bis unten eingeschleimt. Er schlitterte lässig zurück zu Tilly und Paule. Eine ganze Traube von Schülern hatte sich mittlerweile um ihn und die Zwillinge geschart.

»Ich bin kein Bug«, sagte Stanni kühl in Belix' Richtung. »Für dich bin ich Standart Skill!« Er wirbelte seinen Hockeyschläger durch die Luft. »Jetzt weißt du, was mein Skill ist.« Dann pustete er über das Ende des Schlägers, als wäre es der rauchende Lauf eines Revolvers. »Epischer Aim!«

Die Schüler, die um ihn herumstanden, brachen in Jubel aus.

»Wow!«, rief Tilly und gab Stanni einen High five.

Paule war sprachlos, und Flux hatte immer noch Fluxauf.

Einen kurzen Moment später ertönte eine schrille Alarmglocke. Die Menge verstummte. Nur Belix fluchte leise vor sich hin und versuchte, sich den Schleim abzuwischen. Eine Durchsage schallte durch die Flure und Zimmer der Schule. Es war die Stimme von Herrn Lama.

»Es ist fast 12 Uhr! Alle Bewohner von Los Lamas zur Pyramide! Ich wiederhole, alle Bewohner von Los Lamas zur Pyramide! Ja, damit meine ich *alle* von euch!«

DIE RUNDENERÖFFNUNG

Ganz Los Lamas schien auf den Beinen zu sein! Stanni und die Zwillinge zogen mit Hunderten anderer Menschen in Richtung der großen Pyramide. Der festliche Klang von Trompeten schallte durch die Gassen der Stadt. Stanni pflückte sich eine der vielen Luftschlangen, die überall herumflogen, von seiner Basecap.

Tilly schaute nachdenklich auf die überfüllte Straße vor ihnen. »Normalerweise kommen nicht so viele Menschen zu Herrn Lamas feierlicher Rundeneröffnung.«

»Wieso eigentlich Rundeneröffnung?«, wunderte sich Stanni.

Paule schob sich die Brille auf der Nase zurecht, als müsste er überlegen, wie er die Sache am besten erklären konnte. »Das ist so eine Art tägliches Ritual. Gar nicht so leicht zu beschreiben, aber du siehst es ja gleich selbst!«

Stanni nickte. Die Uhren am Straßenrand zeigten an, dass es nur wenige Minuten bis zur nächsten Spielrunde waren. Die Zeitverschiebung, die Herr Lama gestern vorgenommen hatte, schien daran nichts geändert zu haben. In Los Lamas tickten die Uhren wortwörtlich anders.

Bei dem Gedanken an die nächste Runde überkam Stanni wieder das Gefühl, dass er im Tal Royal dabei sein und seinen Kumpel Max suchen sollte. Aber Herr Lama hatte recht. Ohne Skills und Ausrüstung war es wirklich zu gefährlich.

Als sie auf den Platz vor der Pyramide einbogen, verschlug es Stanni fast die Sprache. So viele Menschen hatte er nicht erwartet. Eine Blaskapelle schmetterte ein Lied nach dem anderen. Die Bürger von Los Lamas schauten gespannt in Richtung der Pyramide und murmelten durcheinander. Auf der zweiten Stufe des Bauwerks konnte Stanni Herrn Lama erkennen. Er stand an einem hölzernen Pult. Das Tischchen war mit kunstvollen Schnitzereien verziert. Auf ihm lag Herrn Lamas großes Buch.

Der Alte schob nervös seinen Hut zurecht. Neben ihm stand ein riesiger schwarzer Lautsprecher. Eine Frau mit Headset fummelte an einigen Kabeln und Steckern herum, die die Box mit einem Mikrofon auf Herrn Lamas Pult verbanden. Die Veranstaltung konnte also noch nicht angefangen haben.

Eine quäkende Autohupe riss Stanni aus seiner Betrachtung. Paule schien das Geräusch sofort zu erkennen und wandte sich um. »Da drüben sind Papa und Mama!«

Jetzt sah Stanni sie auch. Nicht weit entfernt stiegen Herr und Frau Puhmann aus dem kleinen weißen Wagen, den er nur allzu gut kannte. Die Zwillinge und er winkten und schoben sich durch die Menschenmasse auf sie zu. Ein paar der Anwesenden wichen vor Stanni zurück. Sie schienen Angst vor ihm zu haben.

»Ich bin nicht ansteckend, okay?«, knurrte er genervt in Richtung eines alten Mannes mit Ziegenbart, der sich schützend vor seine Frau gestellt hatte und ihn abschätzig anguckte.

»Hat er gesagt, dass er ansteckend ist?!«, fragte die Gattin des komischen Kauzes mit zitternder Stimme. »Komm da weg, Schnurpselchen!« Sie zog ihren Mann beiseite.

Stanni rollte mit den Augen und versuchte, ihnen keine weitere Beachtung zu schenken.

»Da seid ihr ja!«, begrüßte Frau Puhmann die drei ankommenden Kids.

Herr Puhmann sah besorgt aus. Er hatte die Szene mit dem alten Ehepaar mitbekommen. »Alles in Ordnung bei dir, Stanni?«

Der Junge nickte, aber sein Blick ließ vermuten, dass keineswegs alles in Ordnung war. Das Gefühl, dass andere vor ihm zurückwichen und ihn mit Abscheu betrachteten, war neu für ihn – und er hätte echt gut drauf verzichten können.

Das pfeifende Geräusch eines Mikrofons schallte über den Platz und erlöste Stanni von seinen düsteren Gedanken. Das Gemurmel der Menge verstummte. Alle Köpfe drehten sich in Richtung Pyramide.

Herr Lama schaute fragend über den Rand seiner Sonnenbrille zur Technikerin. »Ist das Ding überhaupt an?« Er klopfte mit dem Zeigefinger gegen das Mikro auf seinem Pult.

POCK, POCK, POCK. Das Geräusch war so laut, dass Stanni sich die Ohren zuhalten musste. Die Frau mit dem Headset drehte schnell an zwei Knöpfen und gab Herrn Lama dann einen doppelten Thumbs-up.

»Gut.« Herr Lama fuhr sich durch seinen Zauselbart und schien darüber nachzugrübeln, was er sagen wollte. Der Lautsprecher verstärkte das kratzige Rascheln ums Tausendfache. Murmel lief unter dem Pult hervor, sprang auf die Schulter des Alten und flüsterte ihm etwas ins Ohr.

Herr Lama grinste. »Ah ja! Das war's!« Feierlich breitete er die Arme aus. »Eine neue Runde steht bevor!«, rief er. »Da wir einen ganz besonderen Gast haben, möchte ich ihn und seine Freunde einladen, der heutigen Eintragung in das große Lama-Buch beizuwohnen!«

Stanni kapierte zuerst nicht, worum es ging.

Frau Puhmann klärte die Sache auf. »Er meint dich! Komm!«

Gemeinsam mit der Familie Puhmann trat Stanni vor. Die Menschen machten ihnen murmelnd Platz. Zu fünft stiegen sie die Stufe zu Herrn Lamas Pult hinauf, der sie mit einem knappen Nicken begrüßte. Das große Buch lag geschlossen vor ihm. Der verwitterte, knotige Buchdeckel aus Holz war so schwer, dass Herr Lama sichtlich Mühe hatte, ihn aufzuklappen. Das Pult knarzte unter dem Gewicht des Bandes.

Der Alte begann, Seite für Seite umzublättern. Stanni hatte nicht genug Zeit, um die schnörkelige Handschrift komplett zu lesen, doch beim Überfliegen der Überschriften wurde ihm klar, was da im großen Lama-Buch niedergeschrieben worden war: die Geschichte des Spiels! Die *ganze* Geschichte. Von der Entdeckung des Kometen über die unheimlichen Energieblitze am Himmel, den Besuch von außerirdischen und fremdartigen Kreaturen bis hin zum Auftauchen und Verschwinden von Vanishing Village im Süden des Tals und dem Angriff des Frostmagiers vor ein paar Wochen. Alles musste bis in das kleinste Detail beschrieben sein, denn Zeile um Zeile war dicht mit Schriftzeichen bedeckt. *Jede* Veränderung, die es in der Spielwelt *gegeben* hatte.

Als Herr Lama bei der ersten unbeschriebenen Seite angekommen war, zog er eine lange Feder aus seinem Ärmel und begann zu schreiben. Das Mikrofon am Pult übertrug das Kratzen laut über den ganzen Platz. Stanni beobachtete die Szene gespannt.

»Alles, was Herr Lama in das Buch einträgt, wird Wirklichkeit!«, flüsterte Tilly. In ihrer Stimme schwang tiefster Respekt mit.

»Darum darf er auch nichts über uns oder Los Lamas in das Buch schreiben«, ergänzte Paule leise. »Das wäre zu gefährlich!«

Herr Lama beendete seinen Eintrag und trat einen Schritt zur Seite. Er bedeutete Stanni, den Text vorzulesen. Der betrachtete die krakelige Handschrift. Es war nur eine Zeile. Ziemlich enttäuschend, wie er fand. Er hatte damit gerechnet, dass eine bahnbrechende Neuerung eingeführt wurde, ein neues Event oder zumindest irgendeine Veränderung der Map. Aber dort stand nur ein einziger Satz, den Stanni nun laut vorlas: »Und so begann eine neue Runde im Tal Royal!«

Die Menge auf dem Platz klatschte verhalten, und die Kapelle stimmte die Titelmelodie des Spiels an. Stanni sah sich irritiert um. Die meisten schienen von der Ankündigung ebenso wenig begeistert zu sein wie er.

»Die Spieler werden in wenigen Augenblicken wieder im Tal Royal ankommen!«, verkündete Herr Lama.

Stanni konnte es kaum fassen. »Sie starten *jede* Runde mit dem Buch?«

Der alte Mann nickte.

»Aber warum?«, wunderte er sich. »Warum ladet ihr uns ein und räumt dann hinter uns auf? Und das jeden Tag!?«

Ein Summen wie von Tausenden Bienen erfüllte die Höhle. Der Boden vibrierte unter ihren Füßen. Frau Puhmann zeigte auf die Höhlendecke über ihnen. In den Felsen glühten goldene Lichtadern auf. Das Leuchten kroch die Wände entlang, über den Boden und erreichte die unterste Stufe der Pyramide. Es war, als ob das Gebäude die Energie in sich aufsaugen würde. Einen Moment später schien der Boden unter Stanni aus gleißendem und tanzendem Licht zu bestehen. Schon strahlte das ganze Bauwerk! Und auch aus Paules Rucksack drang jetzt ein Lichtschimmer. Flux surrte im Inneren zufrieden, als könnte er die Veränderung spüren.

»Eure Kämpfe versorgen ganz Los Lamas mit Energie!«, erklärte Frau Puhmann. »Die steinerne Pyramide funktioniert wie eine große Batterie, die sich mit jedem Spiel neu auflädt.«

»Aber …«, murmelte Stanni verwirrt. Die Kämpfe der Spieler waren die Energiequelle für all diese Menschen? Er brauchte einen Moment, um sich an den Gedanken zu gewöhnen.

»Wir können nur Energie gewinnen, wenn ihr Spieler kommt«, sagte Herr Puhmann. »Und damit ihr kommt, startet Herr Lama jeden Tag eine neue Runde. Darum schreibt er euch spannende Geschichten in sein Buch. Und darum platziere ich Goodie-Boxen im Tal.«

Stanni hatte tausend Fragen. Aber er war auch irgendwie erleichtert, dass die Bewohner von Los Lamas nicht nur hinter Spielern wie ihm aufräumten. Nein, das Spielen war nötig, damit die künstliche Sonne über der Pyramide strahlte und Leute wie Frau Puhmann Jetpacks bauen konnten. Auch wenn die Spieler von alldem nichts wussten.

»Wieso sollten wir alle kommen?«, rief jemand aus der Menge.

Herr Lama und Stanni blickten überrascht auf.

»Und was ist mit den Glitches?«, schrie eine andere Stimme im Publikum zornig. »Heute Morgen hätte es fast den Schulleiter erwischt!«

Die Musik verstummte. Überall auf dem Platz setzte Getuschel ein.

Herr Lama beugte sich zum Mikrofon und schluckte. »Ihr solltet alle kommen, um …« Er stockte kurz. »Also, die Glitches …« Er ließ den Kopf hängen und schloss für einen Moment die Augen, ehe er fortfuhr. »Die Glitches stehen im großen Lama-Buch.«

Die Bewohner von Los Lamas riefen wild durcheinander.

»Was?«, grölte einer. »Warum sagst du uns das jetzt erst? Hast *du* etwa die Glitches in das Buch geschrieben?!«

»Das ist verboten!«, keifte eine alte Frau mit zittriger Stimme. »Du darfst nichts über Los Lamas in das Buch schreiben!«

»Das habe ich auch nicht!«, rief Herr Lama so laut, dass Stanni befürchtete, der Lautsprecher würde explodieren. Die Menge zuckte zusammen. Murmel sprang von der Schulter des Alten und versteckte sich.

»Die Glitches stehen im Buch, ja!«, rief Herr Lama. »Aber ich habe sie nicht selbst hineingeschrieben! Sie tauchten ... einfach auf!«

»Ach ja? Wer hat sie dann reingeschrieben?«, wollte einer wissen.

»War es dieser Bug?!«, schrie ein anderer und zeigte auf Stanni.

»Humbug!«, erwiderte Herr Lama bissig. »Die Einträge sind ins Buch geglitcht, schon bevor der Junge hier ankam! Die verschwundenen Gebäude, die Erdspalten, der Schneesturm letztens, ich weiß selbst noch nicht, wie das passieren konnte!«

Der Unmut der Menge wurde immer lauter. Die Vorstellung, dass ihr weiser Lama auf eine Frage keine Antwort wusste, beunruhigte die Menschen. Und auch Stanni machte es ein verdammt mulmiges Gefühl.

»Jetzt hört doch erst mal zu!«, meckerte Herr Lama ins Mikrofon. »Ich habe natürlich einen Plan. Ich habe mich im Tal umgesehen und herausgefunden, wo ...« Der alte Mann verstummte. Er starrte fassungslos auf sein Buch. »Nein ... das kann nicht sein. Das habe ich nicht geschrieben!« Über den Lautsprecher konnten alle das Zittern in seiner Stimme hören. Er nahm seine Feder und versuchte panisch ins Buch zu schreiben, Worte durchzustreichen, die aufgeschlagene Seite herauszureißen!

Nichts schien zu funktionieren. Der Alte wich ein paar Schritte zurück. »Ich kann es nicht umschreiben ... ich kann es nicht umschreiben ...!«, stammelte er, wieder und immer wieder. Er war kreidebleich. Frau Puhmann eilte herbei, um ihn zu stützen.

Stanni und die Zwillinge untersuchten das große Buch. Dort stand der Satz, den Herr Lama zuletzt verfasst und den Stanni soeben vorgelesen hatte: »Und so begann eine neue Runde im Tal Royal!« Doch auf der Seite waren weitere Zeilen erschienen. Der Text sah aus wie getippt, und die Buchstaben flimmerten lila.

Tilly las den neuen Satz laut vor: »Damit der verlorene Spieler endlich nach Hause finden kann ... endet nach dieser Runde die Welt ...«

CHAOS IN LOS LAMAS

Tillys Worte schallten über den Platz. Das verwirrte Gemurmel der Bewohner verwandelte sich in Panik.

»Der Bug ist schuld!«, riefen sie. »Er will unsere Welt zerstören!«

»Was?« Stanni verstand gar nichts mehr. »Das war ich nicht! Ich …«

Seine Worte wurden von einem lauten Krachen übertönt. Lila Blitze schossen aus der Spitze der Pyramide und fuhren in die künstliche Sonne. Sie flackerte auf, doch dann verpixelte sie und erlosch. Kleine Pixel regneten auf den Platz herab. Plötzlich war es Nacht. Nur das goldene Leuchten der Pyramide erhellte die Höhle.

»Die Pyramide hat unsere Sonne geglitcht!«, rief Paule entsetzt. Aus seinem Rucksack ertönte ein aufgeregtes *FLUX*!

Die Bewohner von Los Lamas starrten fassungslos in die Höhe. Das Gelb der Pyramide wandelte sich langsam in ein gleißendes Lila. Ein seltsamer chemischer Geruch verbreitete sich. Das gesamte Monument flackerte unter den Füßen von Stanni und seinen Freunden.

»Wir müssen hier runter!«, rief Herr Puhmann. Er warf sich Herrn Lama über die Schulter und hechtete die Stufe zum Platz hinab. Paule, Frau Puhmann und Stanni folgten ihm, doch jemand fehlte! Wo blieb Tilly? Stanni blickte sich schnell um und sah, dass sie versuchte, das schwere Lama-Buch zu retten.

»Ohne das Buch können wir keine neuen Runden starten!«, rief sie.

Stanni kehrte um und eilte ihr zu Hilfe. Er klemmte sich das riesige Buch unter den Arm. Auf dem Platz herrschte mittlerweile das reinste Chaos. Alle wollten so schnell es ging von der Pyramide weg. Von Familie Puhmann fehlte jede Spur.

»Nimm meine Hand!«, rief Tilly.

»Warte!« Stanni hatte im Augenwinkel etwas vorbeihuschen sehen. Ja! Da bewegte sich etwas unter Herrn Lamas Pult!

»Murmel!«, rief er.

Das zitternde Äffchen sprang flink auf seine Schulter.

»Jetzt aber!« Tilly packte ihn am Ärmel und zog ihn von der Stufe runter. Hinter sich hörte er ein Knistern. Er drehte den Kopf. Die Pyramide. Ihre Wände wurden durchsichtig, und Millionen lila Pixel stiegen von ihr auf. Ihr purpurnes Leuchten war nun die einzige Lichtquelle in Los Lamas.

Tilly und er irrten über den Platz, bis sie endlich Familie Puhmann erspähten. Außer Atem kamen sie neben den dreien zum Stehen.

Baumeisterin Sonja und ihre Truppe waren bereits vor Ort. »Ist jemand verletzt?«, fragte sie Frau Puhmann ernst.

»Herrn Lama geht es nicht gut«, antwortete die Erfinderin besorgt.

Der Alte saß völlig verwirrt auf dem Boden. Stanni legte das Lama-Buch neben ihn. Murmel sprang von Stannis Schulter und schaute Herrn Lama traurig an.

»Los, stabilisiert die Pyramide!«, befahl Sonja ihrer Truppe. Die Baumeister schwärmten aus und drückten auf ihren Tablets herum.

Herr Puhmann deutete nach oben in die Dunkelheit. »Können wir die Sonne noch retten?«

Die Baumeisterin schüttelte den Kopf. »Da kommen wir nicht schnell genug hoch. Sie wird verschwinden.«

Aber Frau Puhmann hatte bereits ihr Jetpack geschultert. »Überlass das mir.« Sie drehte sich zu den Mitgliedern der Bautruppe um. »Gebt mir ein Tablet!«

»Aber ...« Die Baumeister sahen ihre Vorgesetzte fragend an. »Das würde das Protokoll verletzen.«

Sonja verdrehte die Augen. »Tut, was sie sagt!«

Einer der Baumeister drückte Frau Puhmann das Gerät in die Hand.

Herr Puhmann gab ihr einen Kuss auf die Wange. »Pass auf dich auf!«

Sie grinste ihn draufgängerisch an. »Immer!« Dann zündete sie ihren Raketenrucksack und raste zischend zur Höhlendecke hinauf.

Baumeisterin Sonja hockte sich währenddessen neben Herrn Lama auf den Boden und untersuchte die Augen des Alten. Sie leuchteten lila. »Ein Glitch hat ihn erwischt.«

Herr Lama flüsterte etwas. »Stanni ...«

Der Junge hockte sich zu ihm. »Ja?«

»Ich weiß, woher die Glitches kommen … du musst …« Der Alte war zu geschwächt, um weiterzusprechen.

»Ich versuche ihn zu entglitchen«, sagte Baumeisterin Sonja. »Es ist nicht schlimm. Gleich ist er wieder der Alte. Keine Sorge.«

Sie warf Stanni einen skeptischen Blick zu, während sie auf dem Tablet herumdrückte. »Du hast wirklich nichts mit den Glitches zu tun, oder?«

»Nein«, seufzte Stanni. »Ich verstehe das alles selbst nicht. Ich will nicht, dass eure Welt wegen mir untergeht!«

Sie nickte knapp. »Ich glaube dir.«

»Und warum auf einmal?«, fragte Stanni überrascht.

»Tilly und du habt euer Leben riskiert auf der Pyramide. Für das große Buch. Das Buch ist unsere einzige Hoffnung.« Ihr Tablet piepste. Baumeisterin Sonja hob eine Augenbraue. »Herr Lama ist gleich wieder wie neu … ich muss nur …«

Ein Knall ließ sie zusammenfahren. Ein Dutzend lila Blitze schoss aus der Mitte der geglitchten Pyramide heraus. Wie gleißende elektrische Finger tasteten sie sich an den Höhlenwänden entlang. Sonjas Baumeister wichen panisch zurück. Ein beißender Geruch wie von Batteriesäure raubte Stanni fast die Sinne.

»Die Pyramide entlädt sich!«, rief Herr Puhmann. »Weg hier! Alle weg!«

Krachend schlugen Blitze links und rechts neben ihnen auf dem Platz ein. Die Bewohner von Los Lamas schrien. Hier und dort stiegen Pixelwirbel wie Rauchsäulen auf.

Ein Blitz schlug direkt vor Stanni in den Boden ein. Er spürte einen heftigen Schlag auf die Brust und wurde von der Wucht zurückgeworfen. Kurz wurde ihm schwarz vor Augen. Er schmeckte Metall.

»Alles in Ordnung?!« Paule und Tilly kamen zu Stanni geeilt und halfen ihm, sich aufrecht hinzusetzen.

»Ich glaube schon.« Stanni rieb sich den Schädel und schaute sich um. »Wir sollten …«

Herr Lama und Sonja flackerten unregelmäßig. Sie hatten sich in geisterhafte zweidimensionale Abbilder verwandelt. Vor ihnen auf dem Boden lag Sonjas Tablet.

»Oh nein!«, flüsterte Paule voller Entsetzen.

Stanni griff nach dem Tablet und starrte auf eine blinkende Anzeige auf dem Bildschirm: **»ZWEI LEBENSFORMEN GEFUNDEN. ZEIT BIS ZUR AUFLÖSUNG: 10 SEKUNDEN. STABILISIERUNG BEGINNEN?«**

Stanni drückte hektisch auf »Ja«. Der Text auf dem Display änderte sich: **»GEBEN SIE AN, WELCHES SUBJEKT SIE ZUERST STABILISIEREN WOLLEN. WARTE AUF SPRACHBEFEHL.«**

Es wurden zwei Bilder angezeigt. Baumeisterin Sonja und Herr Lama. Darunter lief ein Countdown. **»NEUN SEKUNDEN. ACHT SEKUNDEN. SIEBEN SEKUNDEN.«**

Stanni musste sich entscheiden.

»Baumeisterin Sonja«, sagt Stanni mit zitternder Stimme.
Soll es wirklich so weitergehen? Dann blättere jetzt um zu Seite 100.

»Herr Lama«, sagt Stanni mit zitternder Stimme.
Du meinst, Stanni soll diese Entscheidung treffen? Dann lies jetzt weiter auf Seite 102.

»**Baumeisterin Sonja**«, sagte Stanni mit zitternder Stimme. Das Tablet piepste. Zahlenreihen blitzten über die Oberfläche. Das Programm begann, Baumeisterin Sonja zu entglitchen. Endlose Sekunden verstrichen. Hatte er die richtige Entscheidung getroffen? Er war sich sicher, dass Sonja die Einzige war, die die Glitches auf dem Platz in den Griff kriegen konnte. Doch niemand außer Herr Lama konnte in das große Buch schreiben!

Das zweidimensionale Abbild der Baumeisterin gewann an Farbe und räumlicher Tiefe. Die Pixel verschwanden … und dann war sie zurück! Sie schnappte nach Luft und fiel auf die Knie. Stanni hatte es geschafft! Er hatte sie zurückgebracht! Aber was war mit Herrn Lama? Stanni wollte das Tablet auf den alten Mann richten, doch er sah nur noch das Abbild von Herrn Lama, wie es immer weiter verpixelte und sich dann auflöste. Einige Pixel wehten Stanni ins Gesicht. Sie brannten wie heiße Wassertropfen.

»Nein!«, rief Stanni entsetzt.

Murmel sah ihn mit großen Augen an. Das Äffchen ließ die Ohren hängen und kauerte sich dort auf den Boden, wo Herr Lama soeben verschwunden war. Paule setzte sich zu ihm und streichelte es.

»Es ... es ist nicht deine Schuld, Stanni«, keuchte Baumeisterin Sonja und strich sich eine Haarsträhne aus dem Gesicht. Herr Puhmann half ihr auf die Beine. Sie nahm Stanni das Tablet ab. »Wenn du nicht so schnell reagiert hättest, dann wäre ich auch verschwunden. Danke.«

Tilly half Stanni auf. Eine Gruppe fies dreinblickender Typen kam auf sie zu. Einer von ihnen zeigte auf Stanni. »Der Spieler ist an allem schuld! Schnappt ihn euch!«

»Nichts da!«, sagte Herr Puhmann und stellte sich schützend vor den Jungen.

»Wenn ihr den Spieler wollt, dann müsst ihr erst an mir vorbei!«, knurrte auch Baumeisterin Sonja. Sie klang, als ob sie es ernst meinte.

»Kinder!«, rief Herr Puhmann zu Paule und Tilly. »Bringt euch in Sicherheit ... und passt auf Stanni auf!«

»Du hast ihn gehört, Paule!«, sagte Tilly und zog ihren Bruder am Arm.

Der wollte den trauernden Murmel offensichtlich nicht allein lassen, Doch dann atmete er tief durch, sprang auf und lief mit Stanni und Tilly vom Platz.

Lies jetzt weiter auf Seite 104!

»**Herr Lama**«, sagte Stanni mit zitternder Stimme. Das Tablet piepste. Auf dem Display rasten Zahlenkolonnen vorüber. Die App versuchte Herrn Lama zu stabilisieren. Jeder Moment zog sich wie eine Ewigkeit hin. Hatte er das Richtige getan? Herr Lama war der Einzige, der in das große Buch schreiben konnte, doch Stanni hatte Zweifel, dass die Baumeister ohne Sonja die Glitches in den Griff kriegen würden, die ganz Los Lamas bedrohten.

Das verglitchte Abbild des alten Mannes wurde bunter und dreidimensionaler. Das Tablet piepste fröhlich. Herr Lama sackte zusammen und schnappte nach Luft. Stanni hatte es geschafft! Er hatte ihn zurückgeholt. Murmel sprang auf den Schoß des alten Mannes und tastete besorgt in dessen Gesicht herum.

»Mama!«, rief eine panische Jungenstimme hinter ihnen. Belix. Er schubste Stanni zur Seite und blieb dann wie angewurzelt stehen.

Was war denn in den gefahren? Doch dann verstand Stanni, was los war. Baumeisterin Sonja! Belix' Mutter war noch immer verglitcht! Hektisch tastete Stanni auf dem Tablet herum. Vielleicht konnte er sie noch rechtzeitig entglitchen! Doch die Neuberechnung des Tablets dauerte zu lange. Ihr Abbild wurde immer gröber, verpixelte und löste sich auf. Sie war fort. Einige Pixel wehten Stanni ins Gesicht. Sie brannten wie heiße Wassertropfen.

»Nein!«, rief Stanni entsetzt.

Belix starrte wortlos dorthin, wo eben noch seine Mutter gewesen war.

»Ich …« Stanni wusste nicht, was er sagen sollte. Es tat ihm unendlich leid. Belix sagte kein Wort.

»Es ist nicht deine Schuld …«, flüsterte Herr Lama. »Die Glitches … Sie sind …«

Eine Gruppe fies dreinblickender Typen kam auf sie zu. Einer von ihnen zeigte auf Stanni und unterbrach Herrn Lama. »Da ist der Spieler! Das ist alles seine Schuld! Lasst ihn nicht entwischen!«

»Hände weg!«, knurrte Herr Puhmann und baute sich vor der Gruppe auf. »Los«, sagte er zu den Zwillingen. »Bringt Stanni in Sicherheit!«

»Wir müssen los!«, rief Tilly und zog Stanni am Ärmel. Er stand auf, zögerte aber. Er wollte Belix nicht einfach so allein lassen. Er konnte das Gesicht des Jungen nicht sehen, doch er hörte, dass er weinte.

»Es tut mir so leid …«, flüsterte Stanni. Dann atmete er tief durch und lief mit den Zwillingen davon.

Lies jetzt weiter auf der nächsten Seite!

AUF DER FLUCHT

Die Zwillinge waren kreuz und quer durch das finstere Los Lamas gelaufen, um mögliche Verfolger abzuschütteln. Stanni war ihnen blind gefolgt und hatte mittlerweile völlig die Orientierung verloren. Nun schlichen die drei durch eine schmale, einsame Gasse. Paule hatte Flux aus der Schultasche gelassen. Der kleine Würfel würfelte neben den dreien her und leuchtete ihnen den Weg.

»Wo sind wir hier?«, wunderte sich Stanni.

Tilly hielt den Zeigefinger an die Lippen. Hatte sie etwas gehört? Sie signalisierte ihm und ihrem Bruder, anzuhalten. Stanni schwieg und lauschte. Es war gespenstisch still. Er konnte seinen Herzschlag hören. Aber da war noch etwas. Irgendwo rumpelte es. War ihnen noch immer jemand auf den Fersen? Die Zwillinge sahen einander besorgt an. Sie hatten es auch gehört.

Tilly zeigte auf einen dunklen Hauseingang. Flink liefen die drei in das Versteck und warteten ab. Flux würfelte hinterher und schaltete sein Licht aus, um sie nicht zu verraten.

»Meint ihr, die Typen von vorhin sind immer noch hinter mir her?«, flüsterte Stanni.

Paule klang nervös. »Ich hoffe nicht.«

»Du glaubst es vielleicht nicht, Stanni ...«, sagte Tilly, »aber normalerweise sind die meisten Leute hier echt okay.«

»Doch, das glaube ich«, erwiderte Stanni. »Normalerweise geht hier ja auch nicht die Welt unter.«

Eine Tonne schepperte in ein paar Metern Entfernung. Er zuckte zusammen. Die drei Freunde zogen sich tiefer in den Schatten zurück. Die seltsamen Geräusche kamen näher und näher! Es war ein ... ein Tapsen und Fiepen?

»Das ist doch ...«, wisperte Stanni.

Da hüpfte vor ihnen eine kleine Gestalt über den Weg. Es war Murmel! Er blickte die drei Kinder mit großen Augen an.

»Was machst du denn hier?«, fragte Paule und kniete sich hin.

Murmel zeigte mit einem Pfötchen auf Stanni. In der anderen Pfote hielt er etwas.

»Ich glaube, er hat dir was mitgebracht«, sagte Tilly.

Es war Stannis Notizbuch, das er am Morgen Herrn Lama gegeben hatte.

»Danke.« Stanni nahm das Büchlein entgegen, und Murmel sprang aufgeregt auf der Stelle.

»Er will bestimmt, dass du reinguckst«, riet Paule.

Stanni schlug das Notizbuch auf. Da war seine Karte, die er am Tag zuvor am Rande von Trippy Town gezeichnet hatte. Doch sie sah nun etwas anders aus.

»Herr Lama hat neue Markierungen eingezeichnet!«, rief Stanni.

»Zeig mal!«, antworteten Paule und Tilly gleichzeitig und schauten ihm über die Schulter. Herr Lama hatte unter anderem markiert, wo Los Lamas unter dem Tal Royal lag. Und weit im Norden war ein auffälliges lila Kreuz eingezeichnet.

»Die Markierung liegt im Gebirge«, sagte Stanni nachdenklich. »Am höchsten Punkt der Arctic Alps.«

»Was Herr Lama da wohl gefunden hat?«, wunderte sich Tilly.

»Den Ursprung der Glitches!«, erinnerte sich Paule. »Heute Morgen vor der Schule hat er doch gesagt, dass er sich im Tal nach Hinweisen umsehen will!«

Murmel schrie aufgeregt und schlug einen Purzelbaum.

Tilly streichelte das Äffchen. »Er scheint ganz deiner Meinung zu sein, Paule.«

Flux würfelte zu Murmel, und die beiden fluxten und schnatterten miteinander herum.

»Was auch immer für den neuen Text im Lama-Buch verantwortlich ist …«, grübelte Stanni. »Ich bin mir sicher, wir finden die Lösung in den Arctic Alps.«

»Du hast recht!«, rief Tilly.

Stanni nickte entschlossen. »Ich will auf keinen Fall, dass die Welt untergeht, nur damit ich nach Hause kann! Ich …«

Tilly unterbrach ihn. »Aber wir haben nur noch bis zum Ende der nächsten Runde! Wenn wir es nicht rechtzeitig schaffen, dann ist alles vorbei!«

»Und das heißt, dass wir nach oben ins Tal müssen …«, gab Paule zu bedenken. »Mal davon abgesehen, dass oben gerade die Spieler kämpfen: Wie sollen wir überhaupt hochkommen? Auf dem Platz vor der Pyramide herrscht das totale Chaos! Da wird uns sicher niemand einfach so in den Tunnel nach Trippy Town lassen.«

»Stimmt.« Tilly grübelte angestrengt vor sich hin. »Das heißt, wir können nur …« Ihre Augen funkelten.

»Sag schon!«, drängelte Stanni.

»Erinnert ihr euch, wohin Herr Lama heute Morgen abgezischt ist?« Tilly zeigte nach oben.

»Das meinst du jetzt nicht ernst, oder?« Paule schüttelte ungläubig den Kopf.

Seine Schwester aber grinste nur und begann in ihrer Schultasche zu kramen. Sie zog etwas heraus, das wie ein Paar kleiner Raketendüsen aussah, außerdem eine Taschenlampe und einen Schraubenzieher. Dann begann sie an ihrem Gleiter herumzuschrauben.

Stanni wusste gleich, was Tilly vorhatte. Einen Moment später sprang sie auf und drückte einen Knopf an ihrem Gleiter. Blaue Flammen entzündeten sich knallend und zischend in den Düsenantrieben. Die Taschenlampe an der Spitze der Konstruktion blitzte so hell auf, dass Stanni sich kurz die Hand vor die Augen halten musste.

Tilly lachte. »Warum nur gleiten, wenn man fliegen kann!?«

IN DEN TUNNELN

Tilly raste mit mörderischer Geschwindigkeit auf die Höhlendecke zu. Die beiden Jungs klammerten sich panisch neben ihr an die Griffe des Gleiters. Der Flugwind trieb Stanni die Tränen in die Augen. Hinter dem verschwommenen Schleier blitzte in der Ferne unter ihm die lila schimmernde Pyramide auf. Sie war noch immer nicht entglitcht worden.

»Hier muss es sein!«, schrie Tilly, um den Lärm ihres Raketenantriebs zu übertönen. »Haltet euch fest!«

Sie riss ihren Gleiter nach links und flog eine große Kurve. Stanni wurde speiübel. Fast wünschte er sich, dass er so klug gewesen wäre wie Murmel. Das Äffchen hatte sich standhaft geweigert, mit ihnen zu fliegen.

Tilly schoss mit dem Raketen-Gleiter nur wenige Zentimeter unter der Höhlendecke entlang. Stanni sah im Licht der Taschenlampe einen dunklen Schatten an der Wand ihnen gegenüber, auf den sie zurasten. War das etwa ein Felsen?!

Er kniff die Augen zu, kurz bevor der Schatten sie verschluckte. Als er sie wieder öffnete, hatte Tilly den Raketen-Gleiter in eine kreisrunde Öffnung im Gestein manövriert. Sie bremste ab und setzte im steinernen Gang zur Landung an. Gerade als sie aufsetzten, begannen die Düsen zu stottern und zu rauchen. Der Treibstoff war alle.

»Punktlandung!«, rief Tilly und wedelte sich den Qualm aus dem Gesicht. »Hätte nicht gedacht, dass die Dinger uns drei so weit bringen.«

»Du hättest *was* nicht gedacht?!«, fuhr Paule sie entsetzt an. Er stützte sich an der Wand ab und sah aus, als ob er sich gleich übergeben müsste. »Wir hätten alle draufgehen können!«

»Wir sind aber nicht draufgegangen!«, gab Tilly schnippisch zurück und verschränkte die Arme vor der Brust.

»Netter Aim!«, keuchte Stanni und versuchte sich ein Lächeln abzuringen. Sie hatten es geschafft, also brauchten sie auch nicht zu streiten.

»Danke.« Tilly nickte knapp und machte sich dann daran, die Taschenlampe von ihrem Gleiter abzuschrauben, bevor sie ihn einklappte und wieder an ihrem Rucksack befestigte. Sie leuchtete tiefer in den Schacht. Er führte geradeaus in die Dunkelheit.

»Wie viel Zeit haben wir noch?«, fragte sie ernst.

Paule tastete nach seiner Schultasche und zog Flux hervor. Der kleine Würfel gähnte. Er hatte wohl nicht mit Flugangst zu kämpfen.

»Wie lange dauert die aktuelle Spielrunde noch, Flux?«, fragte Paule.

Der Würfel blinzelte ihn mit seinen kleinen lila Augen an. Auf seinem Gesicht erschien der gleiche Countdown, den Stanni auf den Uhren in Los Lamas gesehen hatte.

»Noch knapp sieben Stunden«, sagte Paule.

»Wie bitte?«, staunte Stanni. »Wie lange dauert denn hier eine Runde?!«

»Insgesamt acht Stunden«, antwortete Paule. »Von Mitternacht bis 8 Uhr morgens Trippy-Town-Zeit. Oder eben von Mittag bis 8 Uhr abends

Los-Lamas-Zeit. Wegen der Spielerenergie ist es bei uns hell, obwohl es oben Nacht ist. Warum?«

»Bei mir zu Hause sind es gerade mal zwanzig Minuten!« Stannis Gedanken überschlugen sich. Wenn acht Stunden in der richtigen Welt nur zwanzig Minuten waren, dann war er ja erst …

»Wir müssen uns jedenfalls beeilen«, unterbrach Tilly seine Rechnung. »Bis zu den Arctic Alps ist es ein langer Weg.« Sie lief tiefer in den Gang hinein. »Hier kommen wir bestimmt nach oben ins Tal!«

»Bist du dir sicher?« Stanni folgte ihr und strich mit der Hand über die nasse, kalte Felswand. Der Schacht sah nicht besonders einladend aus.

»Klar, wohin denn sonst?«, antwortete Tilly.

Paule folgte den beiden nur zögerlich. »Sollten wir nicht Mama und Papa Bescheid sagen?«

»Ja, das sollten wir …«, gab Tilly zu. »Aber jetzt sind wir ja eh schon hier. Außerdem würden sie uns niemals erlauben, während einer Runde ins Tal zu gehen. Du weißt doch, dass das streng verboten ist!«

Paule schluckte schuldbewusst und schwieg.

Die drei liefen weiter und weiter in den dunklen Tunnel hinein. Flux würfelte hinter ihnen her und bildete in der Dunkelheit im wahrsten Sinne des Wortes das Schlusslicht. Minuten verstrichen. Stanni hatte schon Sorge, dass sie in eine Sackgasse geraten würden, da riss ihn Tillys Stimme aus seinen Gedanken.

»Hier!« Sie leuchtete mit der Taschenlampe auf eine schwere eiserne Tür. Auf der Tür stand in großen Buchstaben »Wartungsschacht 13«.

Stanni schob sich an Tilly vorbei und versuchte die rostige Tür zu öffnen, doch sie bewegte sich kein Stück. Er stemmte sich mit aller Kraft dagegen und warf sich gegen das Metall. Nichts half.

»Verflucht!«, rief Stanni. »Es gibt keine Klinke und nicht einmal ein Schlüsselloch! Wir sitzen fest!«

»Warte!« Paule legte zwei Finger an den Mund und stieß einen kurzen Pfiff aus. Flux kam herbeigewürfelt und schaute fragend zu Paule hinauf. Der zeigte zur Tür. »Na, kannst du uns helfen?«

Flux machte einen fröhlichen Hüpfer und nickte lächelnd. Dann flackerte der Würfel auf und verschwand.

»Das haben die beiden schon hundertmal geübt«, sagte Tilly gespannt.

Stanni hoffte, dass es klappte … was auch immer Paule und Flux vorhatten.

Hinter der verschlossenen Tür klapperte etwas, dann piepte es, und kurz darauf sprang die Tür einen Spaltbreit auf. Der kleine Glitch würfelte leuchtend wieder heraus.

»Super geglitcht, Flux!«, rief Tilly.

Das Würfelchen rollte begeistert blinkend im Kreis und glitchte dann auf Paules Arm.

»Perfekt!«, rief Stanni und drückte gegen die Tür. Sie ließ sich nur sehr schwer aufschieben. Endlich war Muskelkraft gefragt! Er legte sich ins Zeug. Die eiserne Tür wehrte sich quietschend und ächzend, aber er war stärker. Mit einem letzten Ruck stieß er sie auf. Der Weg war frei!

Tilly leuchtete in den Bereich jenseits des Durchgangs. Hier gabelte sich der Schacht in zwei Richtungen. Beide Wege waren jeweils mit einem verwitterten Schild markiert. Auf dem linken stand »MUDDY MARSH«. Auf dem Wegweiser nach rechts waren die Worte »FUNKY FOREST« geschrieben. Stanni kannte diese Namen nur allzu gut! Das Matschmoor lag im Westen des Tal Royal. Der Funky Forest, den die Spieler auch den wilden Wald nannten, lag weit im Osten.

»Wisst ihr, welcher Weg von hier aus der kürzere ist, um zu den Arctic Alps zu kommen?«, fragte Stanni. Er hatte keine Ahnung, wo genau sie unter dem Tal waren.

»Zeig bitte noch mal deine Karte«, sagte Tilly.

Stanni schlug sein Notizbuch auf, und Tilly tippte mit dem Zeigefinger auf die Kartenmitte. »Wir sind genau hier«, sagte sie nachdenklich. »Das bedeutet, beide Wege sind gleich lang.«

»Vergesst nicht, dass da oben gerade gekämpft wird«, gab Paule besorgt zu bedenken. »Gibt es vielleicht einen Weg, der ungefährlicher ist? Auf dem weniger Spieler unterwegs sind?«

Stanni grübelte. »Im Muddy Marsh landen die wenigsten. Da gibt es kaum Deckung. Aber das heißt auch, dass es für uns weniger Möglichkeiten gibt, uns zu verstecken.«

»Und was ist mit dem Wald?«, fragte Tilly.

»Das genaue Gegenteil,« antwortete Stanni. »Viele Spieler, aber gute Deckung.«

Tilly überlegte. »Entscheide du! Wir kennen die Kämpfe nur aus den Schulbüchern.«

Paule nickte. »Du bist der Spieler. Wir vertrauen deinem Instinkt. Also ... wohin sollen wir gehen?«

»Muddy Marsh.« Stanni, Paule und Tilly nehmen den Weg nach Westen ins Matschmoor.
Willst du, dass die drei diesen Weg nehmen? Dann blättere jetzt um zu Seite 114.

»Funky Forest.« Stanni und die Zwillinge biegen nach Osten ab und laufen in Richtung des wilden Waldes.
Du meinst, Stanni, Tilly und Paule sollen hier langlaufen? Dann lies jetzt gleich weiter auf Seite 120.

»**Lasst uns den Weg durch den Muddy Marsh nehmen**«, sagte Stanni.

Die drei bogen nach links in den Tunnel Richtung Westen ein. Tilly leuchtete ihnen den Weg mit ihrer Taschenlampe. Stanni bemerkte, wie der Boden unter seinen Füßen mehr und mehr an Steigung gewann. Die Luft war seltsam feucht. Nach einiger Zeit gelangten sie zu einer engen Wendeltreppe, die mit Moos und Flechten bewachsen war. Sie mussten aufpassen, damit sie nicht auf den glitschigen Stufen ausrutschten. Paule steckte Flux daher zur Sicherheit zurück in den Rucksack.

Am oberen Ende der Treppe war eine Luke. Stanni beschloss vorauszugehen. Er stieg die letzten Stufen unterhalb der Klappe hinauf und drückte sie mit der Schulter einen Spaltbreit auf. Vorsichtig spähte er nach draußen.

Es war Nacht. Der Mond versteckte sich hinter dicken Regenwolken, die ihr Wasser über der kargen Graslandschaft vergossen. Überall brodelten und blubberten schlammige Sumpflöcher und pupsten übel riechende Dämpfe in die Luft. Stanni musste sich die Nase zuhalten. Der Geruch war ihm zwar neu, aber er erkannte die Landschaft. Sie hatten das Matschmoor erreicht.

»Was siehst du?«, flüsterte Tilly unter ihm und schaltete ihre Taschenlampe aus.

»Es ist dunkel«, sagte Stanni.

»Und ist da draußen jemand?«, fragte Paule gespannt.

»Nee!«, antwortete Stanni. Bis auf ein paar knorrige, kahle Trauerweiden konnte Stanni nichts Besonderes erkennen. »Wir können los!«

Er schob die Luke ganz auf und kletterte durch die Öffnung an die Oberfläche. Paule und Tilly folgten. Der Ausgang lag versteckt in einem alten Baumstumpf. Die Klappe war von oben mit Grasbüscheln bedeckt. Kein Wunder, dass Stanni dieser Geheimgang bisher nie aufgefallen war.

»Wir dürften gar nicht hier oben sein«, hauchte Paule und schaute sich ängstlich um.

»Extreme Situationen erfordern extreme Maßnahmen!«, flüsterte Tilly. »Wo müssen wir jetzt lang?«

»Nach Norden«, antwortete Stanni.

»Und wo ist Norden?«, fragte Paule.

Stanni drehte sich um und versuchte, sich zu orientieren. Aber hier sah jedes Grasbüschel und jeder Baumstumpf aus wie der andere. Mit der Karte auf dem Bildschirm war es früher deutlich einfacher gewesen, sich hier zurechtzufinden. Da war Norden immerhin eingezeichnet.

»Äh, Stanni?« Tilly lief auf etwas zu, das nicht weit entfernt im Gras lag.

Ihr Bruder und Stanni rannten zu ihr und schauten, was sie gefunden hatte. Es war ein goldglänzendes Automatikgewehr. Schweres Kaliber. Dazu Baumaterial, Munition, eine Haftgranate, zwei Schleimfallen, ein nutzloser Revolver und ein Heiltrank.

»Gutes Zeug!«, rief Stanni reflexartig. »Wollt ihr die Waffe mitnehmen? Vielleicht können wir die noch brauchen!«

Tilly und Paule sahen einander skeptisch an.

»Ich glaube, ich bleib lieber bei meinem Gleiter«, antwortete Tilly.

»*Meine* Waffe ist mein Charme!«, sagte Paule und winkte dankend ab.

»Aber sag mal, Stanni, sollte das nicht alles in einer Goodie-Kiste liegen?«, wunderte sich Tilly.

»Nicht unbedingt«, sagte Stanni und schluckte. Wenn so viel Loot einfach offen rumlag, dann konnte das nur eines bedeuten ... Er kniete sich neben die Items und pflückte Konfetti aus dem Gras.

»Hier hat es jemanden erwischt!«, sagte er und schaute sich panisch um. »Der ist bestimmt nicht vor lauter Langeweile umgekippt. Jemand hat ihn erledigt. Und dieser Jemand treibt sich wahrscheinlich noch hier herum!«

Im gleichen Moment raschelte es in einem mannshohen Büschel Sumpfgras. Ein dunkler Schatten stürmte aus dem Versteck und eröffnete sofort das Feuer. Es hagelte Dutzende Farbkugeln auf Stanni und die Zwillinge.

»Runter!« Tilly reagierte blitzschnell und klappte ihren Gleiter aus. Die drei duckten sich hinter das Fluggerät. Bunte Farbkleckse explodierten krachend auf der Vorderseite.

Stanni spähte vorsichtig hinter der Deckung hervor. Ein Horror-Clown. Stanni hasste diesen Skin. Er hasste Clowns. Und dieser hier hatte eine goldene SCAR.

Der Angreifer sprang und duckte sich nervös auf und ab, dann ging er etwas auf Distanz.

»Wahrscheinlich wundert er sich über die neuen Skins und Tillys merkwürdigen Schild«, flüsterte Stanni. »Hoffentlich verzieht er sich!«

Doch dann fiel der Blick des Clowns auf die geöffnete Klappe im Baumstumpf, die zurück in den Wartungsschacht führte. Zielstrebig lief er auf die Öffnung zu.

»Wir haben die Luke offen gelassen!«, flüsterte Paule entsetzt. »Was, wenn er den Weg nach Los Lamas findet?«

Stannis Gedanken rasten. Es gab nichts, was er tun konnte, ohne sich selbst in Gefahr zu bringen! Es sei denn ... Er sprang kurz entschlossen hinter dem Gleiter hervor.

»Alter, warte!«, rief er.

Der Clown fuhr überrascht herum und zielte auf Stannis Kopf.

»Ja, du!«, sagte Stanni. »Ich rede mit dir!«

Der Clown antwortete nicht, sondern schlich in der Hocke mit etwas Abstand um Stanni herum. Er zielte weiter auf seinen Kopf.

Stanni hob die Hände. »Du hast kein Mikro angeschlossen, was? Kein Problem! Hör einfach zu! Wir brauchen deine Hilfe!«

Der Clown zögerte. Dann lud er klackernd seine Waffe durch.

»Okay«, fuhr Stanni fort, die Hände noch immer in der Luft. »Ich glaub, ich erklär dir einfach kurz, worum es geht. Also, es ist nämlich so … die Welt geht unter!« Sofort wurde ihm klar, wie beknackt das klang.

Der Horror-Clown schien das ähnlich zu sehen. Er machte einen Facepalm und schoss Stanni vor die Füße.

»Hey, du Paulberger!« Langsam wurde Stanni sauer. »Ich hab nicht mal 'ne Waffe!« Na gut, das hatte ihn bei anderen auch nie davon abgehalten, sie in Konfetti zu verwandeln …

Der Clown aber hielt tatsächlich inne. Ehrenmann.

»Danke, Bruder. Also, was auch immer du tust, geh nicht in die Luke, okay?!«

Der Clown schaute zur Geheimtür und begann langsam in Richtung Öffnung zu schleichen, ohne den Blick von Stanni abzuwenden. Na Glückwunsch. So viel zum Thema Ehrenmann. Stanni schwor sich, niemals Diplomat zu werden. Er war einfach zu ehrlich.

Der Horror-Clown hüpfte auf den Baumstamm und eröffnete das Feuer auf Stanni. Der warf sich auf den Bauch. Um ihn herum klatschten Farbkugeln in das nasse Gras. Der Horror-Clown schien nicht besonders zielsicher zu sein, aber er wusste, was er wollte. Er wollte einen billigen Kill, bevor er den Tunnel betrat. Dann würde er Los Lamas entdecken und der ganzen Welt erzählen können, dass unter dem Tal Royal eine geheime Stadt versteckt war.

Stanni grub das Gesicht tiefer in das nasse Gras und hielt sich die Hände über den Kopf. Der stinkende Schlamm lief ihm in die Nase, doch statt der nächsten Salve hörte er Tillys Stimme.

»Hey, du Clown!«

Er blickte auf. Der Horror-Clown wurde von einem Hagelsturm aus Farbkugeln getroffen. Sie zerplatzten auf seinem Bauch, auf der Brust und am Kopf. *So bunt sieht er fast aus wie ein richtig netter Clown*, dachte Stanni.

Der gegnerische Spieler wollte gerade zurückfeuern, als ihm plötzlich etwas an den Kopf flog.

KLONK!

Die Granate klebte in seinen weißen Clownshaaren fest und piepste dreimal, bevor sich der Clown in einer wunderschönen Glitter-Explosion in Konfetti verwandelte.

Stanni blickte sich irritiert um. Tilly hielt das Automatik-Gewehr im Anschlag.

»Leg dich nicht mit Los Lamas an!«, lachte sie, warf die rauchende Waffe auf den Boden und wischte sich einen Farbspritzer von der Wange.

Paule hatte den Stift der Granate in der Hand.

»Was denn?«, grinste er und warf den Stift über die Schulter. »Er hat angefangen!«

Stanni stand auf und klopfte sich den Matsch von der Hose. Im gleichen Moment klarte der Himmel auf und gab den Blick auf ein atemberaubendes Schauspiel frei. Lila glänzende Nordlichter zogen sich bis zum Horizont.

»Was ist das?«, wunderte sich Paule und schob sich die Brille auf der Nase zurecht. Auch Tilly schien so etwas noch nie gesehen zu haben.

»Das …«, sagte Stanni. »Das ist unser Wegweiser!«

Lies jetzt weiter auf Seite 126!

»**Lasst uns den Weg durch den Funky Forest nehmen**«, entschied Stanni.

Die drei bogen in den rechten Gang ab. Zuerst fiel der Tunnel ab, und Stanni machte sich schon Sorgen, dass er einen Umweg gewählt hatte, der sie von der Oberfläche wegführte. Doch die nassen Baumwurzeln, die bald durch Risse in der Tunneldecke ragten, und das grüne glitschige Moos, das den Boden bedeckte, waren ein Hinweis, dass die merkwürdigen Wälder tatsächlich schon über ihnen lagen. Im Schein von Tillys Taschenlampe tanzten aufgeregte Nachtfalter. Ein paar hatten sich sogar auf Flux gestürzt, der sanft leuchtend hinter den Freunden herwürfelte. Der Glitch mochte die fliegende Begleitung offensichtlich, denn er grinste und surrte zufrieden.

Vor einer massiven Holztür hielt die Gruppe an. Tilly drehte den Türknauf und schien selbst überrascht, als die Tür sich knarzend öffnete.

»Leise!«, flüsterte Stanni. »Wenn uns jemand hört, fliegen uns gleich Farbkugeln um die Ohren!«

»Sicher, dass das hier eine gute Idee ist?«, fragte Paule besorgt. »Eigentlich dürften wir gar nicht hier sein.« Vorsichtshalber steckte er Flux zurück in seinen Rucksack.

»Wir haben keine andere Wahl!«, raunte Tilly und schob die Tür auf. »Uns läuft die Zeit davon!«

Die Tür führte direkt aus einer grasbewachsenen Böschung hinaus zwischen drei große Tannen. Es war tiefschwarze Nacht, und der Mond wurde von dichten Regenwolken verdeckt. Die Luft war feucht und schwer vom Duft von Harz und Tannennadeln. Von außen war die Tür mit Gräsern, Efeu und Lehm getarnt. Kein Wunder, dass Stanni sie beim Spielen nie gesehen hatte. Sicherheitshalber schob er sie hinter ihnen wieder zu.

»Wohin jetzt?«, fragte Paule.

Stanni sah sich um. Eine dicke hölzerne Eulenfigur, die am Fuße einer der drei Tannen stand, verriet ihm genau, wo sie sich befanden. »Wir müssen an der Eule vorbei. Der Pfad dahinter führt direkt ...«

»... nach Norden aus dem Wald hinaus!«, unterbrach ihn Paule.

»Ja, genau«, sagte Stanni verblüfft. »Woher weißt du das?«

»Wir dürfen zwar nicht während der Spielrunden hoch ins Tal«, antwortete Tilly. »Aber wir sind oft mit Mama und Papa zum Pilzesammeln hier gewesen.«

Nicht weit entfernt fielen Schüsse. Paule und Tilly zuckten zusammen. Stanni ging instinktiv in die Hocke.

»Vorsichtig!« Er signalisierte den Zwillingen, sich in einem Busch zu verstecken, und folgte ihnen.

Einen Augenblick später kamen drei Spieler direkt auf sie zugelaufen. Alle drei trugen Sonnenbrillen, schwarze Tank-Tops und hatten muskulöse, silbrig glänzende Körper, als wären sie aus flüssigem Metall. Und sie hatten Waffen im Anschlag.

»Die sehen gefährlich aus«, flüsterte Tilly.

»Stainless-Steel-Skins«, antworte Stanni leise. »Steel Joe, Steel Jack und Steel Steve …«

Die drei Stahltypen schienen ein eingespieltes Team zu sein. Sie sicherten sich gegenseitig in alle Richtungen ab.

Stanni beobachtete sie mit todernster Miene. »Gegen die haben wir absolut keine Chance«, murmelte er. »Wir müssen warten, bis sie weg sind.«

»Stanni?!«, ertönte eine verzerrte Stimme aus dem Nichts. »Alter, wo warst du?«

Er erkannte die Stimme sofort. »Max!?«

»Klar, Mann!«, sagte Max. »Du bist eben einfach bei mir als Markierung auf der Karte aufgetaucht! Was ist los bei dir?«

»Ey, ich weiß es nicht!«, flüsterte Stanni. »Hier gehen Sachen ab, die würdest du mir nie im Leben glauben!«

Die Zwillinge sahen sich verwundert an.

»Mit wem redest du da?«, fragte Tilly leise.

»Mit meinem Kumpel Max!«, gab Stanni zurück.

Paule zog eine Augenbraue hoch.

»Könnt ihr ihn etwa nicht hören?«, wunderte sich Stanni.

Die Zwillinge schüttelten den Kopf.

»Mit wem redest du da?«, fragte Max. »Hast du Besuch? Warst du deshalb die ganze Zeit off? Du hast mich ganz schön hängen lassen!«

»Erkläre ich dir später!«, sagte Stanni. »Max, ich stecke in der Klemme! Ich könnte jetzt echt deine Hilfe brauchen!«

Keine Antwort. War Max sauer?

Irgendwo hinter ihm und den Zwillingen flog ein Vogel auf. Die drei stählernen Spieler drehten sich um und starrten in ihre Richtung.

»Oh nein!«, flüsterte Tilly.

Hatten die Spieler sie etwa gesehen? Sie schlichen jetzt langsam auf den Busch zu, in dem sich die drei versteckt hatten. Stanni kniff die Augen zusammen und wartete nur darauf, entdeckt zu werden.

Drei kurze Schüsse erklangen. Nacheinander zerstoben Steel Joe, Steel Jack und Steel Steve zu Konfettiwolken.

»Wow!«, zischte Tilly.

Paule schluckte nur. *Zu Recht*, dachte Stanni. Die Farbkugeln hatten es in sich. Er wollte sich lieber nicht ausmalen, was passiert wäre, wenn sie aufgeflogen wären.

»Triple Headshot!«, schrie Max. Etwas klapperte in der Nähe seines Mikros. »Oh Mann! Ich hab fast meine Cola über die Tastatur gekippt! Ich hoffe, du weißt zu schätzen, was ich hier für Opfer bringe, Stanni.«

Max kam aus seiner Deckung gelaufen und tanzte.

Auch das noch, dachte Stanni. Die Welt ging unter, und Max tanzte!

Er sprang aus dem Busch auf und lief auf seinen Kumpel zu. Die Zwillinge folgten zögerlich.

Max spielte als Radical Rose, eine tödliche Androiden-Bikerin in Lederkluft. Auf ihre Jacke waren filigrane rote Rosen gestickt.

»Bin gleich los, als ich dich auf der Map ge…, Alter, wie siehst du denn aus?« Bevor Max den ungewohnten Anblick seines Kollegen verarbeiten konnte, begann sein Rose-Skin lila aufzuflackern und umherzuglitchen. Wie Flux sprang er von einem Ort zum anderen. Nur dass Max keine Ahnung hatte, was abging.

»Hey!«, rief Max. »Was soll das?«

»Glitches!« Paule taumelte vor Schreck ein paar Schritte zurück.

»Was ist hier los?!« Max klang verzweifelt. Stanni konnte hören, wie er auf seinem Controller herumhämmerte. »Hier funktioniert gar nichts mehr! Mein Game laggt! Ich seh nichts!«

Stanni sprintete die letzten Meter auf Max zu. »Hörst du mich noch?«

»Das bekn... Internet!« Max war kaum noch zu verstehen. Ständig brach die Verbindung ab.

»Sag meinen Eltern Bescheid, dass es mir gut geht, okay?«, rief Stanni Max zu. »Ich komme bald nach Hause! Sag ihnen das, ja?«

»Was soll ich sa...« Max' Stimme brach ab, und seine Spielfigur fror mitten im Sprung ein. Etwa einen Meter über dem Boden flackerte sie lila in der Luft. Der zitternde Glitch erzeugte einen lauten knisternden Ton.

»Das ganze Spiel geht in die Brüche!«, rief Paule und hielt sich die Ohren zu.

Hinter ihnen tauchte ein Schatten auf. Tilly bemerkte ihn zuerst. »Achtung!«

Paule und Stanni fuhren herum und starrten entsetzt auf einen silbrig glänzenden Muskelberg mit Sonnenbrille. Er war mindestens zwei Köpfe größer als die anderen drei vorher.

»Steel Goliath«, hauchte Stanni entsetzt. »Die waren zu viert im Squad unterwegs!«

Der silberne Riese zog eine Glitter-Granate hervor.

»Langsam geht mir das Spiel auf den Keks«, knurrte Tilly.

»Japp.« Paule nickte.

»Und jetzt?«, fragte Tilly.

Stanni zuckte mit den Schultern. »Weglaufen?«

»Wartet«, rief Paule. »Ich habe eine Idee! Tanzt!«

»Was?«, erwiderten Tilly und Stanni gleichzeitig und starrten ihn ungläubig an.

Paule blickte ernst zurück. »Tanzt einfach, okay?!«

Tilly überlegte kurz. Dann tanzte sie, was das Zeug hielt. Sie spulte einen Move nach dem anderen ab. Stanni tanzte auch. Aber statt sich mit den Spieltänzen herumzuquälen, die Tilly so meisterhaft beherrschte, improvisierte er. Er machte den Murmel und sprang wie ein Affe mit großen

Augen auf der Stelle. Dann machte er den Flux, indem er seine Arme abwechselnd waagerecht und senkrecht vor sich hielt, um einen Würfel darzustellen, und dabei die Emotionen wechselte. Ab und zu sprang er herum, als ob er glitchte. Dann machte er den Looty und öffnete unsichtbare Kistendeckel mit den Armen. Steel Goliath stand wie angewurzelt vor ihnen und starrte sie an. Das Metallgesicht zeigte natürlich keine Gefühle, aber Stanni konnte sich vorstellen, dass der Spieler seinen Augen nicht traute: drei komplett neue Skins, die einfach so tanzten?!

»Und *jetzt*?«, fragte Tilly keuchend, während sie weiterhin wilde Sprünge vollführte.

Paule legte die Hände an den Mund und machte ein Geräusch, als würde ein zorniges Eichhörnchen eine Kriegserklärung vorlesen. Sofort raschelte es in den Tannen um sie herum. Überall huschten kleine Gestalten über die Zweige und durch das Unterholz. Auch Steel Goliath schien etwas bemerkt zu haben und drehte sich um. Stanni und Tilly hörten auf zu tanzen.

Dutzende kleine Kampfschreie ertönten, und ebenso viele Fussel stürzten sich zähnefletschend auf den stählernen Koloss. Es sah aus, als ob sich Ameisen über einen Zuckerwürfel hermachten. Die Fussel wuselten über den wuchtigen Körper von Steel Goliath. Er versuchte sie abzuschütteln, indem er heruomsprang. Doch es nützte nichts.

Die Fussel zogen ihn gnadenlos ab. Nacheinander droppte jede Waffe, jedes Magazin, jeder Trank und jeder Schild aus seinem Inventar, und die Fussel machten sich damit aus dem Staub. Die Monsterchen, die noch nichts erbeutet hatten, wurden umso wilder und krabbelten und kletterten und kauten auf Steel Goliath herum. Der sah für sich nur noch einen Ausweg: Er löste sich in Luft auf. Die Fussel, die eben noch auf ihm herumgeklettert waren, plumpsten auf den Boden.

»Er hat sich ausgeloggt!«, jubelte Stanni.

Tilly zeigte auf die Monsterchen, die jetzt knurrend auf sie zugelaufen kamen. »Ich befürchte, die haben noch nicht genug!«

Paule stapfte entschlossen auf die Fussel zu. »Es reicht! Ihr könnt euch wieder verziehen!«

Die kleinen, zornigen Monster blieben stehen und zögerten. Dann trat Furcht in ihre Knopfaugen. Sie fingen an zu schreien und zu diskutieren, liefen dann wild durcheinander und verschwanden schließlich panisch im Unterholz.

»Wow!«, rief Stanni. »Du hast es echt drauf! Die hatten richtig Angst vor dir.«

Paule schien selbst überrascht. »Äh ... ich glaube, das war ich nicht.«

»Ich befürchte, du hast recht.« Tilly zeigte nach oben. Der zu einem lila Glitch erstarrte Max, der eben noch dicht über dem Boden hinter den dreien geschwebt hatte, stieg höher und höher Richtung Himmel. Blitze zuckten krachend aus dem Max-Glitch.

»Max!«, rief Stanni. Doch sein Kumpel antwortete immer noch nicht. Im Himmel über Max glänzten gigantische purpurfarbene Nordlichter. Sie zogen sich bis zum Horizont Richtung Norden. Donner grollte.

»Das ist kein gutes Zeichen«, sagte Tilly. »Wir müssen uns beeilen!«

Lies jetzt weiter auf der nächsten Seite!

DER BLICK INS TAL

Stanni und die Zwillinge waren völlig erschöpft, als sie den Fuß der Arctic Alps erreichten. Das Gelände war immer weiter angestiegen, und im Dunkeln waren sie oft gestolpert. Jetzt thronten hoch über ihnen die zerklüfteten Gipfel, die sich dunkel gegen die violetten Nordlichter abzeichneten. Nicht mehr weit, und sie hatten es geschafft!

Tilly lief ein paar Meter voraus zu einem Rastplatz, von dem aus man einen guten Ausblick über das gesamte Tal hatte, und schaute in die Ferne.

»Was siehst du?«, rief Paule.

Tilly antwortete nicht, sondern schüttelte nur den Kopf. Ihr Bruder und Stanni blickten sich besorgt an, dann eilten sie zu ihr.

Tilly schien sie gar nicht wahrzunehmen, als sie neben ihr zum Stehen kamen. Sie starrte weiter geradeaus. Die beiden Jungs folgten ihrem Blick – und hielten vor Schreck die Luft an. Unter sich sahen sie das Tal Royal. Es war ein furchtbarer Anblick. Über Trippy Town wütete ein gigantischer Sturm. Die gelblich wabernde Zone, die sich während der Spielrunde stetig verkleinerte, hatte sich in einen Tornado verwandelt. Die Trippy Town Towers waren zusammengestürzt. Blitzend und donnernd zog der Sturm alles, was er berührte, in seinen Trichter. Hausdächer, Autos, Schilder und Bäume rasten in seinem Inneren durch die Luft. Doch da war noch etwas. Dutzende flackernde Sterne trieben durch den zerstörerischen Trichter des Wirbelsturmes und stiegen immer höher hinauf. Es dauerte einen Moment, bis Stanni verstand, was das für Sterne waren.

»Das sind die Spieler!«, flüsterte er fassungslos. »Es hat sie alle geglitcht!«

»Der Sturm wächst!«, rief Paule. »Er kommt auf uns zu!«

Stanni beobachtete ebenfalls, wie sich der Tornado ausbreitete und sich langsam einen Weg durch Trippy Town bahnte – genau in ihre Richtung! Meter für Meter fraß er sich durch die kleine Stadt.

Der Wind auf dem Rastplatz frischte plötzlich auf, als würde er den Sturm willkommen heißen. Um die drei Freunde setzte Schneefall ein. Erst nur ein paar Flocken, doch innerhalb weniger Sekunden verschleierte sich ihr Blick in die Ferne.

Tilly riss sich von dem entsetzlichen Schauspiel im Tal los. »Schnell, wir müssen weiter! Rauf auf den Berg!« Das Tosen des Windes wurde lauter und immer lauter, sodass sie dagegen anschreien musste. »Der Ort, den Herr Lama markiert hat, muss irgendwo da oben sein!«

Stanni schützte seine Augen mit der Hand vor dem Schnee, der ihnen mittlerweile senkrecht ins Gesicht wehte. Er konnte kaum mehr als ein paar Meter weit sehen. Der Weg auf den Gipfel war vor wenigen Minuten noch klar zu erkennen gewesen, doch jetzt lag er unter einer dicken weißen Schneeschicht begraben. Stanni hatte keine Ahnung, wo sie langmussten.

»Mann, das kann doch nicht sein!«, fluchte er.

Ein Schrei ertönte. Es war Paule. Er war im Schnee über einen Stein gestolpert und tastete auf allen vieren panisch den Boden ab.

»Wo ist meine Brille?«, schluchzte er.

Stanni und Tilly eilten herbei und halfen ihm bei der Suche. Aber sie hatten kein Glück.

»Lasst mich hier.« Paule war den Tränen nah. »Lauft einfach ohne mich weiter!«

»Quatsch!«, rief Tilly.

Stanni half Paule auf die Beine. »In dem Schneegestöber gibt es eh nicht viel zu sehen«, sagte er. »Halt dich einfach an meinem Rucksack fest. Hier wird keiner zurückgelassen. Wir sind schließlich ein Team!«

Paule wischte sich eine Träne aus dem Auge. »Okay.« Er klopfte den Schnee von seiner Hose und seiner Schultasche. Ein verzweifelter Ausdruck trat in sein Gesicht. Er fing an, wie wild in seiner Tasche herumzukramen.

»Flux ist weg!«, rief er voller Angst.

Die beiden anderen schauten sich hektisch um.

»Da!« Tilly zeigte auf ein schwaches Leuchten im Schnee.

»Hast du Flux gefunden?«, fragte Paule aufgelöst.

»Nicht nur das!«, antwortete sie.

Stanni und Paule stapften sofort auf die Lichtquelle zu. Es war Flux, der bequem in einer Schneewehe lag und mit seinem kleinen Mund nach Schneeflocken schnappte. Neben dem Würfel lag etwas.

»Flux hat deine Brille gefunden!«, rief Stanni. Er nahm sie und reichte sie Paule.

Der putzte die Brille und setzte sie auf. Dann hob er den kleinen lila Würfel aus dem Schnee und drückte ihn. »Du bist super, Flux!«

Der Würfel schien kurz zu erröten.

»Und was jetzt?« Tilly sah die beiden unentschlossen an. »Wie sollen wir denn so einen Weg auf den Berg finden? Überall nichts als Weiß!«

Stanni überlegte kurz. Dann beugte er sich zu Flux, der gemütlich in Paules Arm lag und surrte.

»Hallo, du«, sagte er.

FLUX! Das Würfelchen lächelte ihn an.

»Das hast du super gemacht mit Paules Brille!«, lobte Stanni. »Kannst du auch den Weg zur Spitze der Arctic Alps finden?«

Flux legte sein Pixel-Gesicht schief und blinzelte Stanni ratlos an.

»Schade«, sagte der enttäuscht.

Paule aber hatte eine Idee. »Zeig ihm doch mal deine Karte mit der Markierung!«

Stanni schlug schnell sein Notizbuch auf. Er hielt Flux die Zeichnung hin und tippte mit dem Zeigefinger auf die Stelle, wo Herr Lama ein lila »X« eingezeichnet hatte.

»Such, Flux, such!«, rief Paule.

Der kleine Glitch schaute die Karte fasziniert an und schnupperte an ihr. Nur einen kurzen Moment später leuchtete er gleißend hell auf, rollte aus Paules Arm in den Schnee und würfelte los. Das grelle lila Leuchten war trotz des Schneegestöbers perfekt zu erkennen.

»Ihr habt es geschafft!«, rief Tilly begeistert.

Die Jungen nickten einander anerkennend zu. Dann stapften alle drei gemeinsam Flux' purpurfarbenem Licht hinterher in den Schneesturm.

DER AUFSTIEG

Der Schnee war tief und knirschte unter dem Gewicht des kleinen Würfels und den Füßen der drei Freunde. Nur Flux' oberes Ende war zu sehen, als er vor ihnen die Flanke der Arctic Alps hinaufwürfelte und spielend jede Schneewehe überwand. Stanni fiel es nicht leicht, mit dem Würfel mitzuhalten. Immer wieder rutschte er auf dem steiler werdenden Weg zum Gipfel aus. Außerdem war ihm saukalt, seine Nase fühlte sich an wie ein Eiszapfen, seine Lippen waren taub, er war müde und hatte Hunger. Den Zwillingen ging es bestimmt nicht besser.

Überall um sie herum war Schnee. Selbst als der Schneesturm nach einer gefühlten Ewigkeit nachließ, hatten die drei keine Ahnung, wo genau sie waren. Neben ihnen fiel die Landschaft steil ins Tal ab. Sie mussten extrem vorsichtig sein, um keinen falschen Schritt zu tun. Doch der Blick in die Tiefe war nicht nur wegen der Höhe furchterregend: Noch immer schob sich der wachsende Tornado auf sie zu.

Beim Anblick dieser Naturgewalt wollte Stanni am liebsten aufgeben. Seine eigenen Gedanken lähmten ihn, und seine Füße wurden mit jedem Schritt schwerer. Es war doch nur eine Frage der Zeit, bis der Wirbelsturm sie mit Haut und Haar verschlingen würde!

Stanni wandte schnell den Blick ab und konzentrierte sich auf das Licht des kleinen Würfels vor sich im Schnee und auf seine Freunde. Immerhin war er während des Weltuntergangs nicht allein.

»Da drüben ist jemand!« Paule deutete nach vorne.

Tatsächlich, dort standen zwei schneebedeckte Gestalten links und rechts des Weges. Stannis Herz begann wild zu pochen. Waren das etwa die Typen, die für das Ende der Welt verantwortlich waren? Oder waren es Spieler?! Er wollte sich schon wegducken, da wurde ihm klar, dass es Statuen waren.

»Sie tragen die gleichen Mützen wie Herr Lama ...«, flüsterte er.

»Du hast recht«, erwiderte Tilly. Vorsichtig lief sie ein paar Schritte voraus und klopfte den Schnee von den Statuen. »Die sind richtig alt …«

Paule und Stanni traten näher. Die Figuren hatten unterschiedliche Gesichter. Es waren ein Mann und eine Frau. Beide sahen so alt und faltig aus wie Herr Lama und blickten erhaben in Richtung des Tal Royal. Entlang des Weges, der noch vor ihnen lag, standen acht weitere steinerne Gestalten. Zwischen ihnen leuchtete Flux wie ein Kristall im Schnee.

Stanni und die Zwillinge folgten dem Würfel weiter und betrachteten im Vorbeigehen die Figuren am Wegesrand. Jede der Statuen war verwitterter als die vorherige. Über Jahrzehnte, ja vielleicht Jahrhunderte, hatten Wind und Wetter auf dem Berghang die steinernen Abbilder glatt geschliffen, sodass bald kaum noch Details auszumachen waren. Bei den letzten beiden Statuen waren nicht mal mehr die Gesichter zu erkennen. Blicklos zeigten sie in Richtung des Tals. Hinter ihren steinernen Rücken mündete der Weg in einen großen Platz. In der Mitte der runden Fläche wuchs ein einsamer knorriger Baum. Auf der genüberliegenden Seite des Platzes stieg eine steile Felswand empor. Der Gipfel der Arctic Alps. Über seinen Spitzen glänzten noch immer die geisterhaften Nordlichter. Sie tauchten den Platz und die Felslandschaft um Stanni und seine Freunde herum in ein merkwürdiges lila Zwielicht.

»Leute …« Tillys Stimme verhieß nichts Gutes.

Die beiden Jungs drehten sich zu ihr um. Sie deutete am Berg vorbei nach rechts zum Horizont.

»Die Sonne geht auf«, flüsterte Stanni.

Paules Augen waren vor Schreck geweitet. »Uns läuft die Zeit davon! Und alles, was wir gefunden haben, ist dieser dumme Baum!«

»Quatsch! Hier muss noch etwas sein!«, rief Tilly sauer. »Herr Lama hat die Markierung doch nicht ohne Grund eingezeichnet!« Sie atmete tief durch und fuhr sich frustriert mit der Hand durchs pinke Haar. »Wir können jetzt nicht einfach aufgeben!«

»Das will ich ja auch gar nicht«, schniefte Paule. »Aber was sollen wir jetzt machen? Hier ist rein gar nichts!«

Stanni konnte den Zorn der beiden gut verstehen. Schließlich waren sie alle müde und geschafft. Hatte Herr Lama sie etwa versehentlich auf eine falsche Fährte gelockt? War der alte Kauz am Ende bloß verrückt und hatte keinen Plan, was genau er tat? Wenn das hier alles umsonst gewesen sein sollte, dann würde ganz Los Lamas untergehen. Seine Freunde würden verschwinden. Und er selbst …? Was würde aus ihm, wenn diese Welt nicht mehr existierte? Wäre er dann auch einfach … weg?

Stanni konnte den Gedanken kaum fassen. Er fühlte sich so hilflos! Wütend zog er seinen Hockeyschläger aus dem Rucksack und schmetterte das Ende mit aller Wucht auf den Boden. *BAM!*

Tilly und Paule fuhren herum.

»Die Welt geht nicht unter!«, schrie Stanni in Richtung des Gipfels. »Hey, du Mega-Glitch! Komm raus und kämpfe!«

Die Zwillinge fielen sofort in sein Geschrei mit ein. Auch ihnen musste die Wut bis zum Halse stehen.

»Zeig dich, Ursprung der Glitches!«, rief Paule aus voller Kehle.

Tilly ballte die Fäuste in Richtung der Steilwand. »Wir sind die ganze Nacht gelaufen, um dir in den Hintern zu treten, du dämlicher Glitch! Wo bist du?!«

»Los, trau dich!«, brüllte Stanni.

Doch nichts geschah. Die Rufe der drei verhallten zwischen den schneebedeckten Felsen.

Stanni ließ entmutigt den Schläger sinken. »Das bringt alles n…«, setzte er an – dann riss ihn ein frostiger Schlag von den Füßen. Zwei spitze Schreie der Zwillinge verrieten ihm, dass es auch sie weggefegt hatte.

Eine mächtige, tiefe Stimme erschallte und ging mit der Wucht einer Lawine auf sie nieder. »DAMIT DER VERLORENE SPIELER ENDLICH NACH HAUSE FINDEN KANN … ENDET NACH DIESER RUNDE DIE WELT!«

Der Schneesturm kehrte mit voller Kraft zurück. Die Zwillinge und Stanni rappelten sich auf und stemmten sich gegen den Wind. Ihre Shirts und Haare waren plötzlich mit einer dicken Frostschicht bedeckt.

In der Luft vor ihnen schwebte eine etwa drei Meter große Gestalt in silberweißer Rüstung. Sie hatte einen zerrissenen weißen Umhang und einen ebenso weißen Bart, die beide wild im Wind flatterten. Um den Hals trug sie eine Kette mit drei Amuletten aus Eiskristallen, und unter ihrer Kapuze loderten kalte blaue Augen.

Stanni erkannte die Gestalt sofort. »Der Frostmagier!«, rief er fassungslos. Eine Figur aus dem Spiel, die vor einiger Zeit das ganze Tal erobert hatte. Nur gemeinsam war es den Spielern gelungen, den Magier aus dem Tal Royal zu verbannen.

»Der Frostmagier?!«, brüllte Tilly über den Sturm hinweg. »Aber seine Geschichte war vorbei! Der sollte längst fort sein!«

»Weiß *er* das auch!?«, krächzte Paule.

Die Gestalt schrie zornig auf und riss den Arm in die Höhe. Frostdolche erschienen in der Luft. Auf einen kurzen Fingerzeig hin hagelten die eisigen Projektile auf sie nieder. Tilly und die Jungs hechteten schnell zur Seite. Nur wenige Zentimeter neben ihnen fuhren die armlangen Eiszapfen in den Boden. Flux würfelte zielstrebig unter den schwebenden Magier und begann wild zu blinken.

»Flux, nicht!«, rief Stanni. »Komm da weg!«

»Warte!« Paule zeigte auf die Brust des Frostmagiers. »Flux weiß, was er tut!«

Das größte der drei Amulette des Riesen strahlte jetzt gleißend rot. Es leuchtete im gleichen Takt wie der Würfel.

»Das ist bestimmt seine Schwachstelle! Los!« Stanni griff nach seinem Hockeyschläger. »Ich brauche was zum Schießen!«

»Hier!« Tilly riss sich die Schultasche vom Rücken und schüttete den Inhalt vor ihm aus. Schraubenzieher, Schraubschlüssel, Muttern und jede Menge anderes Zeug kam zum Vorschein. »Such dir was aus!«

Stanni trampelte sofort den Schnee ringsherum platt, schob eine Schraube mit seinem Schläger hin und her, zielte auf das große Amulett und feuerte. Daneben! Immerhin traf sein Geschoss die schwebende Gestalt auf der Brust. Der Magier beantwortete den Angriff mit einem frostigen Windstoß, den er ihnen entgegenpustete. Die drei versuchten, sich rechtzeitig wegzudrehen, doch der eisige Atem brannte wie Feuer auf ihrer Haut. Lange würden sie der Kälte nicht mehr standhalten können.

Wieder erhob der Frostmagier die Stimme. »DAMIT DER VERLORENE SPIELER ENDLICH NACH HAUSE FINDEN KANN ... ENDET NACH DIESER RUNDE DIE WELT!«

»Ich will nicht, dass diese Welt endet!«, brüllte Stanni. »Hörst du?! Ich *bin* der verlorene Spieler! Und ich will das nicht!«

Seine Zähne klapperten beim Sprechen. Seine Hände fühlten sich taub an. Stanni wusste zwar, dass er den Schläger noch immer fest umklammert hielt, aber er spürte kaum noch etwas in seinen Fingern. Er hatte nur noch einen Schuss, das war ihm klar, ehe er den Schläger vor Kälte nicht mehr halten konnte. Einen einzigen Schuss.

Diesmal kickte er eine Schraubenmutter vor seinen Schläger, zielte und feuerte das Metall mit aller Kraft auf seinen Gegner ab. *KLIRR!* Volltreffer! Stanni hatte das Frost-Amulett erwischt! Flux blinkte wie verrückt, und auch die schwebende Gestalt begann zu blinken und zu flirren. Hagel prasselte von allen Seiten auf die drei Freunde ein.

»AAAARRRRGGGGGHHHHHHHH!«, donnerte der Frostmagier und schien größer und immer größer zu werden. Er dehnte sich aus – und zerstob zu frostigem, dichtem Nebel. Der Wind ließ nach, der Hagel verschwand. Etwas rot Blinkendes fiel neben Flux auf den Boden.

»Das Amulett!«, rief Stanni. Er und die Zwillinge liefen zu Flux und dem, was der Eismagier zurückgelassen hatte.

»Verfluxt ...!«, murmelte Stanni verdutzt.

Vor ihm im Schnee lag kein Amulett, sondern ein zweiter Flux! Das Würfelchen blickte sie grimmig an und blinkte strahlend rot.

FLUX!

FLUX FLIX?

FLUX!

Flux schien auf den anderen Glitch einzureden. Der rote Würfel begann auf einer Ecke zu rotieren und zu zischen. Flux würfelte vorsichtig ein Stück zurück. Der zweite Glitch zuckte wild umher und raste vor den Freunden über den Platz. Er drehte einige Runden um den knorrigen Baum und verschwand dann in einem Spalt zwischen zwei Bodenplatten.

Stanni rannte hinterher, schob seinen Hockeyschläger in die Öffnung und stemmte eine der Platten beiseite. Tilly und Paule packten den Stein und zogen ihn aus dem Weg. Darunter kam eine lange steinerne Treppe zum Vorschein, die in eine undurchdringliche Dunkelheit unterhalb des Platzes führte.

»Was meint ihr, ist da unten?«, fragte Paule und blickte in die dunkle Öffnung. »Und wieso ist da ein zweiter Flux? Wie kann das sein?«

»Finden wir es heraus«, sagte Tilly entschlossen.

»Ich gehe vor!« Stanni suchte zur Sicherheit noch ein paar dicke Schrauben zusammen, falls er später Geschosse brauchte. Tilly räumte ihre restlichen Werkzeuge wieder in den Rucksack, und Paule nahm Flux auf den Arm. Sie atmeten noch einmal gemeinsam tief durch, ehe Stanni den Fuß auf die erste Stufe setzte.

Wie aus dem Nichts heulte eine weitere Sturmböe auf. Stanni und die Zwillinge fuhren herum. War der Frostmagier zurückgekehrt? Doch es war noch viel schlimmer. Sturmböen zerrten an den Ästen des knorrigen Baumes. Hinter den Zwillingen fiel eine der steinernen Lama-Statuen krachend zu Boden und zerbrach.

»Der Tornado ist da!« Paule zeigte in Richtung des Tals. Die ersten Ausläufer des Wirbelsturmes fraßen sich schon über den Fels der Arctic Alps. Im gelb leuchtenden Sturm, der wie eine Wand vor ihnen in die Höhe ragte, trieben Holzsplitter, Teile von Häusern und sogar Fahrzeugen durch die Luft. Im Inneren des Orkans sah Stanni die verglitchten Spieler schweben.

»Schnell, runter!«, rief er.

Die drei stürmten die Treppe hinab in die Dunkelheit. Nur Flux spendete gerade genug Licht, damit sie sehen konnten, wohin sie traten. Als die Treppe endete, wären sie beinahe übereinander gestolpert.

Sie brauchten einen Moment, um wieder zu Atem kommen. Draußen über ihnen toste der Wind weiter und pfiff und zerrte am Berg. Tilly schaltete ihre Taschenlampe ein. Sie standen in einer großen Kammer. Zu Stannis Überraschung bestanden die Wände und Decke der Höhle nicht nur aus Felsen, sondern auch aus Baumwurzeln. Der Stamm des alten Baumes auf dem Platz reichte bis hier unten und nahm eine ganze Seite der geräumigen Kammer ein. Seine dicken Wurzeln hatten ein natürliches Gewölbe mit Wurzeldecke, Wänden und Boden erschaffen, das mit Steinen ausgebaut worden war. Im Zentrum des niedrigen Raumes stand ein einzelner behauener Fels. Zuerst vermutete Stanni, dass es eine weitere Lama-Statue war. Doch als er näher kam, sah er, dass es sich nicht um die Darstellung eines Menschen handelte. Der Stein stellte ein Podest dar, auf dem ein riesiges, verschlossenes Buch lag.

»Das Lama-Buch!«, flüsterte Tilly.

»Zumindest ein steinernes Abbild davon.« Paule schob sich die Brille auf der Nase zurecht, um besser sehen zu können.

Stanni strich über die Oberfläche des Steines. Das Abbild schien mindestens so alt zu sein wie die Figuren, die sie draußen gesehen hatten. In der Mitte des Buchdeckels war ein Lama eingeschnitzt. Wer immer dieses Abbild gemeißelt hatte, hatte den knotigen Holzeinband des Buches perfekt nachgebildet.

»Seht mal da!« Paule lief zum Stamm des Baumes und berührte seine Oberfläche. Neben einigen kleinen Symbolen war dort eine große Narbe, die von wulstiger Rinde umgeben war. Es sah aus, als hätte jemand vor vielen Jahren eine rechteckige Form aus dem Stamm geschnitten.

»Das hat ungefähr die Größe des Buches!«, sagte er.

»Du meinst, das große Lama-Buch kommt von hier?«, wunderte sich Stanni.

»Wir haben keine Zeit für so was«, drängelte Tilly. »Wir müssen den Glitch finden!«

Stanni nickte. Sie hatte recht. Im Schein von Tillys Taschenlampe suchten sie die Kammer nach dem roten Würfel ab. Dabei tasteten sie sich an den Wurzeln des Baumes entlang, die an den Kammerwänden ein verschlungenes Muster bildeten. Alle schienen in dieselbe Richtung zu führen ...

»Da!« Stanni zeigte auf die gegenüberliegende Seite des Raumes. Dort wanden sich die Wurzeln im Kreis zu einem engen, runden Tunnel. Er war mit Frost bedeckt. Flux glitchte aus Pauls Arm auf den Boden und würfelte surrend in den Tunnel davon.

»Er hat die Fährte aufgenommen!«, rief Stanni. »Ihm nach!«

Auf allen vieren krochen die Freunde Flux hinterher durch den engen Gang.

EIN GEHEIMNISVOLLER ORT

Eis. Am anderen Ende des Wurzelganges lag ein gigantischer Raum aus Eis. Violettes Licht brach sich in meterlangen Eiszapfen, die von der Decke hingen und vom Boden in die Höhe ragten wie in einer Tropfsteinhöhle. Der Lichtschein kam von riesigen, frostbedeckten Türmen. Es waren Hunderte, die in langen Reihen vor ihnen auftauchten und unzählige Gänge bildeten. In jedem der rechteckigen Türme steckten Abertausende türkis leuchtende Vierecke. Jedes hatte in etwa die Größe des Lama-Buches. Vielleicht hatte Stanni deshalb das Gefühl, in einer riesengroßen Bibliothek zu stehen. Die Frosttürme wirkten wie geheimnisvolle, außerirdische Bücherregale.

Vorsichtig lief er zu einem der Türme und drückte sanft gegen ein leuchtendes Rechteck. Das violett schimmernde Objekt schob sich geräuschlos vor. Er nahm es in die Hand. Es fühlte sich kühl an, aber es war kein Eis. Stanni hatte das Gefühl, gefrorenes Licht in den Händen zu halten. Lila Buchstaben tanzten über die Oberfläche.

»DATENSATZ 001701DXL5 ... TRIPPY TOWN GEBÄUDE 33B: ZUSTAND: DATEN BESCHÄDIGT! SYSTEMFEHLER! DATEN WIEDERHERSTELLEN?«

Er tippte auf »WIEDERHERSTELLEN«. Ein grüner Balken raste von links nach rechts. Dann erschien der Text: »DATEN WIEDERHERGESTELLT«.

»Das sind Spieldaten ...«, flüsterte er.

Paule und Tilly, die sich hinter ihm durch den Durchgang gequetscht hatten und nun nach Flux suchten, drehten sich zu ihm um.

»Was hast du gesagt?«, fragte Tilly.

»Das sind Spieldaten!« Stanni schob den Datenblock zurück in den Turm. »Das alles hier ist die Spielwelt!«

Die Zwillinge schauten sich mit großen Augen an.

»Der Kern«, sagte Paule ehrfürchtig.

Tilly nickte.

»Der was?«, wunderte sich Stanni.

»Der Kern!«, wiederholte Tilly staunend. »Das ist eine Legende in Los Lamas. Ein geheimer Ort, an dem angeblich alle Geschichten gespeichert sind, an dem jede Information über unsere Welt gelesen werden kann!«

»Und umgeschrieben«, ergänzte Paule.

»So wie in Herrn Lamas Buch?«, fragte Stanni grübelnd.

Tilly tippte sich an die Stirn, als hätte sie einen Geistesblitz gehabt. »Genau! Mensch, guckt doch!«

Sie zeigte auf den Boden. Die Baumwurzeln aus der Kammer hinter ihnen wuchsen bis tief in den Datenkern und umschlangen und durchdrangen die riesigen Frosttürme, die zusätzlich mit unzähligen lila funkelnden Kabeln miteinander verbunden waren.

»Darum kann Herr Lama also die Welt mit seinem großen Buch umschreiben«, folgerte Paule. »Das Buch ist aus der Rinde des Baumes geschnitzt!«

»Und der Baum ist im Kern verwurzelt!«, beendete Tilly den Gedanken ihres Bruders.

Eine schwere Erschütterung traf die Halle. Einige der riesigen Eiszapfen brachen ab und zersplitterten krachend auf dem Boden. Erschrocken machten die drei Freunde einen Satz nach hinten und pressten sich gegen die Datentürme.

»Das ist der Sturm!«, rief Stanni.

Im gleichen Moment donnerte die Stimme des Frostmagiers durch die Halle. »DAMIT DER VERLORENE SPIELER ENDLICH NACH HAUSE FINDEN KANN ... ENDET NACH DIESER RUNDE DIE WELT!«

Im Raum wurde es noch kälter. Eine Wolke aus Eiskristallen flirrte über dem Gang rechts von ihnen. Die Wolke setzte sich in Bewegung – und kam direkt auf sie zu!

Stanni sah sich panisch um, doch ihnen blieb nicht genug Zeit für eine Flucht. Der riesige Magier schob sich schon um den letzten Frostturm in den Hauptgang. Als er die drei Freunde sah, stieß er einen donnernden Schrei aus, der ihnen das Blut in den Adern gefrieren ließ.

»DAMIT DER VERLORENE SPIELER ENDLICH NACH HAUSE FINDEN KANN ...«

»Halt einfach die Klappe, okay?!«, brüllte Stanni zurück. »Und besorg dir ein paar neue Sprüche, du Frostberger! Langsam wird's ECHT langweilig!«

Der Frostmagier blieb stehen und schaute genauso verdutzt drein wie die Zwillinge. Dann grinste er. Seine Zähne sahen aus wie nasse schwarze Eiszapfen. Er begann seine Hände vor dem Körper kreisen zu lassen. Ein neuer Eiszauber! Stanni wünschte sich, er hätte selbst die Klappe gehalten. Den Hockeyschläger mit der einen Hand fest umklammernd, tastete er mit der anderen nach den Schrauben in seiner Hosentasche. Mehr und mehr Energie ballte sich zwischen den Fingern des grinsenden Kolosses zusammen. Stanni wurde klar, dass er es niemals rechtzeitig schaffen würde, die Schrauben auf das Amulett seines Gegners abzuschießen. Der Frostmagier holte bereits brüllend aus. Der Energieball stieg über ihm auf wie eine weiße Sonne.

»AAAAAARGHhhhhzzzzzzz...«

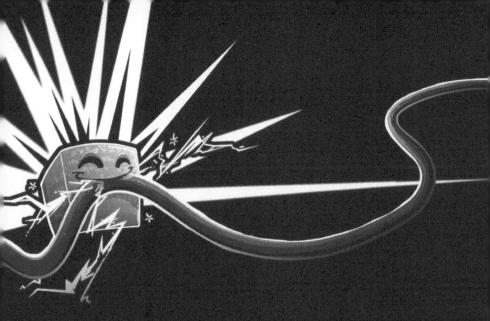

Der Schrei brach ab. Um die drei Freunde wurde es stockdunkel und still. Das violette Leuchten des Kerns war erloschen. Nur das fahle Blau der Eiswände spendete etwas Licht. Und Flux. Der Würfel strahlte noch viel heller als sonst! Er saß in einer Ecke und kaute zufrieden auf einem dicken Kabel, das blitzte und brizzelte und lila Funken schlug. Er schien sich den Bauch mit einer mächtigen Ladung Strom vollgeschlagen zu haben.

»Flux hat die Energiezufuhr gekappt!«, rief Paule ungläubig.

Tilly zückte ihre Taschenlampe und leuchtete dorthin, wo eben der Frostmagier gestanden hatte. Er schien sich in Luft aufgelöst zu haben. An seiner Stelle blinkte wieder der rote Flux am Boden. Doch er leuchtete schwächer als vorher, als wäre auch ihm die Energie ausgegangen. Er schaute sie nacheinander grimmig an, stieß ein unfreundliches Knurren aus und würfelte dann so schnell er konnte durch die Gänge davon.

»Hinterher!«, rief Stanni und sprintete los.

Paule und Tilly folgten. In der Dunkelheit war es einfach, dem roten Lichtschein zu folgen, der sie immer tiefer in das Datennetz lockte.

»Wie groß ist dieser Kern?!«, keuchte Paule, während sie eine weitere von unzähligen Windungen nahmen – und lief mit voller Wucht in Stanni rein.

Der stolperte nach vorne und schrie.

»Vorsicht, Stanni!« Tilly hechtete auf ihn zu und riss ihn mit einem heftigen Ruck zurück. Stanni ruderte mit den Armen und landete auf dem Hintern. Vor ihm war nichts als gähnende Leere.

»Das war knapp!«, keuchte er. »Danke, Tilly.«

»Oh ...«, stammelte Paule. »Das wollte ich nicht ... ich ...«

»Schon gut.« Auch Tilly stand der Schreck ins Gesicht geschrieben. »Wir wussten es ja auch nicht.«

Sie waren in einer gigantischen Höhle angelangt. Direkt vor ihnen befand sich eine riesige Schlucht, die so tief war, dass selbst das Licht von Tillys Taschenlampe ihren Boden nicht erreichte. Ein Stück weiter rechts sahen sie den roten Würfel über eine lange, brüchige Steinbrücke huschen, die den einzigen Weg auf die andere Seite bildete. Die Brücke war nur wenig breiter als ein Mensch und hatte nicht mal ein Geländer.

»Müssen wir da echt rüber?«, flüsterte Paule.

Stanni rappelte sich auf und nickte. »Sieht ganz so aus.«

Hintereinander schoben sich die drei an der Kante zur Schlucht entlang bis zur Brücke. Auf der gegenüberliegenden Seite konnten sie ein schwaches rotes Licht ausmachen. Dort musste sich der Flux verstecken. Vorsichtig setzte Stanni einen Fuß auf den Übergang. Bei dem Gedanken daran, dass unter ihm nur Leere war, wurde ihm ganz schlecht.

»Nicht runtergucken!«, ermahnte ihn Tilly, die direkt hinter ihm stand und mit der Taschenlampe das dunkle Gestein beleuchtete. »Einfach weitergehen.«

Stanni verzichtete darauf, ihr zu erklären, dass das leichter gesagt war als getan. Stattdessen konzentrierte er sich darauf, einen Fuß vor den anderen zu setzen. Im Schneckentempo ging es vorwärts. Wäre der rote Würfel jetzt auf die Idee gekommen, sie anzugreifen, wären sie leichte Beute gewesen.

Aber zum Glück griff niemand an. Kein Frostmagier und auch kein Würfel. Völlig verschwitzt erreichten sie die andere Seite und sahen sich um. Im Licht der Taschenlampe konnten sie weitere Türme ausmachen, noch höher als die vorherigen. Sie bildeten die Wände eines eckigen Platzes. Er war leer – bis auf einen schwarzen Steinquader in der Mitte, auf dem lila Zeichen pulsierten wie auf einer Tastatur. Unter dem Block leuchtete es schwach, aber verdächtig rot. Es sah ganz so aus, als würde sich dort neben dem roten Würfel auch ein dunkler Schatten verstecken.

»Da! Der Schatten!«, flüsterte Tilly. »Das muss der Frostmagier sein! Bestimmt lädt er sich mit dem komischen Felsblock auf!«

Stanni wusste, dass er jetzt handeln musste. Aber was sollte er tun?

»Nimm das!« Stanni feuert seine Metallschrauben auf das Versteck des Frostmagiers!

Findest du, dass Stanni das tun sollte? Dann blättere jetzt um zu Seite 144.

»Ergib dich!« Stanni versucht, den Frostmagier zum Aufgeben zu überreden!

Du findest, es sollte so weitergehen? Dann nichts wie los zu Seite 146.

»**Nimm das!**«, rief Stanni. Er ließ eine Handvoll Schrauben auf den Boden fallen und feuerte sie mit dem Hockeyschläger in Richtung des Quaders.

»Aua!«, schrie der Schatten und fiel in sich zusammen.

»Hä?« Damit hatte Stanni nicht gerechnet. War das etwa eine eiskalt kalkulierte Falle des Frostmagiers?

Tilly signalisierte ihm und ihrem Bruder, auf den Schatten zuzugehen. Sie selbst lief mit ihrer Taschenlampe voran und leuchtete auf die Gestalt unter dem Steinklotz.

»Was zum …?«, rief sie erstaunt. Das da am Boden war kein fieser alter Magier. Im Lichtschein lag ein Junge! Er war jünger als die drei Freunde, ziemlich dürr und blass. Dunkles Haar klebte ihm im Gesicht. Seine Kleidung war schmutzig und zerschunden, als hätte er sie wochenlang nicht gewechselt. Blinzelnd erhob er die Hände gegen das grelle Licht und wimmerte. Auf seiner Wange glänzte eine dicke blutige Schramme. Dort musste ihn eins von Stannis Schraubengeschossen getroffen haben.

»Wer ist das denn?«, fragte Stanni überrascht.

Die Zwillinge wussten ebenfalls keine Antwort. Der kleine rote Würfel glitchte hinter dem Jungen hervor und zuckelte vor Stanni und seinen Freunden hin und her. Dabei zischte er gefährlich.

»Der rote Flux will ihn verteidigen!«, staunte Paule.

Wie aufs Stichwort erschien ein lilafarbenes Leuchten hinter ihnen, und Flux würfelte seinem roten Ebenbild entgegen. Er summte, als wollte er den roten Würfel besänftigen.

»W6 ...«, flüsterte der dünne Junge leise.

Tilly beugte sich zu ihm. »Was hast du gesagt?«

»Er heißt W6 ...« Der Junge fasste sich benommen an die Wange. Als er das Blut sah, riss er entsetzt die Augen auf.

»Bitte!«, flehte er und schützte seinen Kopf mit den Armen. »Nicht mehr schießen!«

»Wir tun dir nichts«, sagte Tilly. »Aber wer bist du überhaupt?«

»Finn«, murmelte der Junge und ließ seine Deckung langsam sinken. »Ich bin ...«

»Nimm mal die Lampe weg, Tilly«, schlug Stanni vor. »Der arme Kerl sieht ja gar nichts.«

Tilly nickte und leuchtete vor sich auf den Boden. Der Junge spähte vorsichtig zwischen zusammengekniffenen Augen hervor – und sprang plötzlich auf! Wobei er sich heftig den Kopf an der Unterseite des Steinquaders stieß, unter dem er saß.

»Mist! Aua!«, keuchte er und kroch unbeholfen aus seinem Versteck. »Ihr ... ihr seid ja wie ich! Ihr habt auch keine Skins!« Er rieb sich den schmerzenden Hinterkopf.

Stanni runzelte die Stirn. Der kleine Knirps gefiel ihm nicht. Außer Herrn Lama wusste niemand in dieser Welt, was es mit den Skins auf sich hatte. Außerdem steckte der Typ mit dem Frostmagier unter einer Decke!

»Keine Sorge!« Finn hatte endlich alle Arme und Beine sortiert und kam auf die Füße. Er trug tatsächlich eine Art Bettdecke um die Schultern. »Ich kann euch helfen! Der Sturm wird uns nach Hause bringen!«

»Der Sturm?« Stanni schwante Böses. »Was weißt du über den Sturm?«

Im gleichen Moment brachte eine weitere Erschütterung sie alle zum Taumeln. Wieder stürzten Eiszapfen von der Decke und zerschmetterten um sie herum auf dem Boden.

Finn schien das nicht zu beunruhigen. Er klatschte begeistert in die Hände. »Endlich! Gleich können wir nach Hause!«

Lies jetzt weiter auf Seite 148!

»**Ergib dich!**«, rief Stanni.

Der Schatten bewegte sich. »Ja, ja ... okay!«, antwortete es unter dem Quader. »Ich ergebe mich!« Es klang wie die Stimme eines Kindes.

»Äh, was?«, wunderte sich Stanni. Er hatte nicht damit gerechnet, dass sein Plan aufgehen würde. Normalerweise ergaben sich Frostmagier doch nicht einfach so.

»Dann komm jetzt hierher!«, sagte Tilly streng und leuchtete in Richtung des Schattens. »Und schön langsam! Hände über den Kopf, wo wir sie sehen können!«

Es sah aus, als würde sich der Schatten unter einer großen Decke hervorkämpfen. Er verhedderte sich, stieß mit dem Kopf an die Unterseite des Steinquaders, unter dem er hockte, und rollte dann hilflos aus seinem Versteck.

Die drei Freunde sahen sich ungläubig an, als eine kleine, traurige Gestalt zum Vorschein kam und geblendet in die Taschenlampe blinzelte. Es war ein Junge. Er hatte verklebte schwarze Haare und dunkle Ringe unter den Augen. Er war noch etwas jünger als Tilly und Paule, sehr blass und viel zu dünn. Sein Shirt und seine Hose waren dreckig und kaputt, als hätte er sie ewig nicht gewechselt. Um die Schultern trug er tatsächlich so etwas wie eine Bettdecke. Den roten Flux hielt er schützend vor sich. Der Würfel blinkte grimmig.

»Wer bist du?«, fragte Stanni den Jungen ernst.

»Finn«, antwortete der schüchtern und drehte den Kopf aus dem Licht.

»Tilly, leuchte mal woandershin«, bat Stanni das Mädchen, die daraufhin den Lichtkegel auf den Boden lenkte.

Als der Junge sehen konnte, wer vor ihm stand, ließ er vor Schreck den Würfel fallen. Der kleine rote Flux glitchte auf den Boden und würfelte auf Stanni und die Zwillinge zu. Er zischte bedrohlich.

Wie aufs Stichwort ertönte hinter ihnen ein bekanntes Surren, gefolgt von einem lilafarbenen Leuchten. Flux zuckelte auf sein rotes Ebenbild zu und schien es beruhigen zu wollen.

»Aus, W6! Platz!«, rief Finn. »Siehst du denn nicht, dass sie wie ich sind?! Die haben auch keine Skins! Die sind nicht gefährlich!«

Stanni runzelte die Stirn. Was wusste der Knirps über die Skins? Im ganzen Tal wusste doch angeblich nur Herr Lama davon! Außerdem hatte der Junge ihnen den Frostmagier auf den Hals gehetzt, klare Sache. Wieso sonst sollte ihm dieser rote Glitch gehorchen?

»Hör mir mal gut zu, Freundchen«, setzte Stanni an, doch eine weitere Erschütterung riss ihn fast von den Beinen. Wieder stürzten Eiszapfen von der Decke und zerschlugen splitternd neben ihnen auf dem Boden.

Nur Finn schien das wenig auszumachen. Er freute sich sogar! »Jetzt können wir endlich alle nach Hause!«

Lies jetzt weiter auf der nächsten Seite!

DER VERLORENE SPIELER

»Wir? Nach Hause?!« Stanni schaute den Jungen fassungslos an. Er sah aus wie … ein ganz normaler Junge eben. Er wusste von den Skins. Und er wollte … nach Hause. Das konnte doch nicht etwa bedeuten …?

»Damit der verlorene Spieler endlich wieder nach Hause finden kann …«, begann Paule aus dem Lama-Buch zu zitieren, »endet nach dieser Runde die Welt.«

Jetzt wurde Stanni klar, was los war. »Der verlorene Spieler aus dem Lama-Buch bin nicht ich …« Er drehte sich zu Finn. »Der verlorene Spieler … das bist du!«

»Ja!« Finn nickte heftig. »All die Wochen dachte ich, ich wäre allein. Bis auf die kleinen Würfel, die ich hier gefunden habe.« Er zeigte auf die riesigen Frosttürme. Überall würfelten plötzlich Fluxes hervor, die die verschiedensten Farben hatten. Grüne, gelbe, rote und lila Würfel rollten schüchtern hinter den Datentürmen hervor.

»Na ja, eigentlich haben sie mich gefunden«, fügte Finn hinzu.

»Ich glaube, jetzt wissen wir auch, wo *du* herkommst«, sagte Paule staunend zu Flux und nahm ihn auf den Arm. Der Glitch fiepste stolz.

Ein grüner Flux würfelte gegen Stannis Fuß und surrte. Stanni kniete sich hin und streichelte den Glitch. Einige gelbe Würfel rollten an ihnen vorbei zur Brücke, flimmerten darüber hinweg und verschwanden in den Gängen dahinter.

»Wo wollen sie hin?«, fragte Tilly.

»Sie suchen nach der kaputten Energieversorgung«, erklärte Finn.

Stanni musste an das Kabel denken, das Flux zerkaut hatte.

Nur wenige Minuten später begannen die Datentürme um sie herum wieder violett zu leuchten und surrten ähnlich wie die Fluxes. Den gelben Würfeln war die Reparatur wohl gelungen.

»Du bist also auch ein Spieler?«, fragte Tilly Finn.

»Ja!«, antwortete der Junge. »So wie ihr! Und bald können wir nach Hause! Ich habe den Sturm so programmiert, dass er das Spiel zerstört. Dabei wird er uns zusammen mit den normalen Spielern aus dem Spiel raussaugen!«

»Du hast bitte was?« Stanni sprang auf und starrte Finn entgeistert an. »Weißt du eigentlich, was du getan hast?!«

Finn machte einen erschrockenen Schritt zurück. Tränen traten in seine Augen. »Aber ich wollte doch nur ...«

»Was wolltest du?«, fragte Stanni hart.

»Ich wollte doch nur auch mal gewinnen ...«, schluchzte der Junge und hielt sich die Hände vors Gesicht. »Und als ich im Code des Spiels eine Hintertür gefunden habe, da ...«

»Eine Hintertür im Code?« Stanni traute seinen Ohren kaum. »Nicht dein Ernst.«

»Na und?«, motzte Finn und zog geräuschvoll die triefende Nase hoch. »Ich wollte versuchen, den Code des Spiels umzuprogrammieren ... um zu gewinnen«, gestand der Junge patzig. »Aber dann war ich plötzlich hier, in dieser dämlichen Höhle! Und ich wollte zurück! Also hab ich von hier aus den Spiel-Code umgeschrieben. Das hat aber alles nichts gebracht. Dann kam mir die Idee mit dem Sturm. Ich dachte, wenn ich alles einreiße, finde ich einen Weg raus.« Schmollend verschränkte er die Arme vor der Brust.

»Er ist ein Hacker!«, sagte Stanni sauer zu Tilly und Paule. Aber den Zwillingen schien das nichts zu sagen.

»Na, die Glitches!«, erklärte er. »Die Einträge in Herrn Lamas Buch! Das war alles dieser Knirps!« Er warf die Arme in die Luft, nur um gleich darauf mit dem Finger auf Finn zu zeigen. »Weißt du eigentlich, was du angerichtet hast?! Du bist der Grund, warum *ich* hier bin! Wegen deiner verdammten Glitches! Und jetzt vernichtest du diese Welt! Ein toller Hacker bist du!«

Finn wich eingeschüchtert noch ein Stück zurück. »Aber die Welt hier ist doch nur ein Spiel ...«, sagte er kleinlaut.

»Nur ein Spiel?!« Tilly stürmte zornig auf den Jungen zu. Paule hielt sie am Ärmel zurück.

»Tilly und Paule sind keine Spieler!«, sagte Stanni ernst. »Sie *leben* hier! Du zerstörst ihre Welt!«

»Das kann doch nicht sein«, flüsterte Finn ungläubig. »So etwas gibt es doch nicht. Ich ...«

Stanni seufzte. »Du wusstest es wirklich nicht, oder? Woher auch.« Er ließ die Schultern sinken. Wenn es stimmte, was Finn behauptete, dann konnte der Junge nichts dafür.

»Kann man den Sturm nicht umschreiben?«, fragte Paule.

»Ich habe den Code so programmiert, dass niemand außer mir ihn ändern kann«, sagte der Hacker zögerlich, als befürchtete er das nächste Donnerwetter.

»Aber das ist doch super!«, rief Paule. »Dann schreib den Code um!«

Finn nickte vorsichtig und drehte sich zu dem dunklen Steinquader mit den leuchtenden Symbolen um.

Wieder erbebten die Arctic Alps. Das Beben war heftiger als alle vorherigen zusammen. Ein gefährlicher Platzregen aus Eiszapfen und Gesteinsbrocken prasselte auf sie herab.

»Unter den Tisch!«, schrie Stanni und rannte voraus.

Zu viert kauerten sie sich unter den Steinquader, der vorher noch Finns Versteck gewesen war. Über ihnen klang es einige schreckliche Momente lang so, als würde die ganze Höhle einstürzen. Aber so heftig es war, so schnell verschwand das Beben auch wieder.

Finn krabbelte sofort aus der Deckung. »Oh nein ...«, keuchte er.

»Was denn jetzt?«, schnaubte Tilly und folgte ihm. Sie schien mit ihrer Geduld völlig am Ende zu sein.

Auch die beiden Jungs krochen unter dem Quader hervor.

Finn zeigte mit geweiteten Augen auf die Steinoberfläche, aus der ein riesiger Eiszapfen ragte. Nur noch einzelne Symbole zuckten auf der zersplitterten Fläche umher. Ein gelber Flux tastete bereits mit einem kleinen Greifarm an der Einschlagstelle herum.

»Das war der einzige Zugangspunkt!«, rief der Junge verzweifelt. »Nur hier kann man Daten eingeben! Die Würfel brauchen Stunden, um das zu reparieren!«

Stannis Gedanken rasten. Sie hatten keine Stunden mehr. Wenn sie den Sturm vom Kern aus nicht aufhalten konnten, dann vielleicht ... »Was ist denn mit dem Buch von Herrn Lama!? Er konnte bestimmt nicht mehr hineinschreiben, weil nur Finn seinen Code ändern kann!«

»Du hast recht!«, rief Tilly. »Das heißt, Finn kann ins Buch schreiben!«

»Aber das Buch ist noch in Los Lamas!« Paule ließ den Kopf hängen. »Wir werden es niemals rechtzeitig zurückschaffen.«

Der Hacker starrte die drei wortlos an. Er schien keinen blassen Schimmer zu haben, wovon sie redeten.

FLUX!

Flux begann nervös zu blinken. Er stand immer noch voll unter Strom und wirkte, als hätte er zu viele Energy-Drinks getrunken. Er glitchte aufgeregt hin und her. Erst glitchte er zu Tilly, dann zu Stanni und dann wieder auf den Boden. Schließlich rollte er blinkend zur Brücke zurück, zwischen den großen Türmen hindurch tiefer in den Datenkern.

»Er will uns etwas zeigen!«, rief Paule und lief Flux hinterher.

Stanni, Tilly und der Hacker folgten ihnen sofort. Während sie einen langen Gang nach dem nächsten entlangeilten, zeigte Finn auf gelbe Würfel, die Schäden an den Datentürmen reparierten, die durch herabfallende Eisbrocken entstanden waren. »Die gelben halten hier alles in Schuss!«, erklärte der Junge.

»Und die roten?«, fragte Tilly.

»Bestimmt eine Art Verteidigungssystem«, schloss Stanni.

Finn nickte. »Anfangs haben mich die roten Würfel tagelang durch diese Gänge hier gejagt. Es hat eine Weile gedauert, bis sich W6 mit mir angefreundet hat.« Sein roter Flux würfelte in einiger Entfernung hinter dem Hacker her. »Die Sache mit dem Frostmagier als Alarmanlage war die Idee von W6. Ich habe ihn in der Datenbank gefunden und etwas umprogrammiert!« Finn musste langsamer laufen, um wieder zu Atem zu kommen. »Die lila Würfel wie euer Flux organisieren Daten. Die sind wie kleine Suchmaschinen.«

»Kein Wunder, dass Flux den Weg auf den Berg und Paules Brille so gut gefunden hat!«, sagte Tilly.

»Oder die Höhle, in der er grade einfach aufgetaucht ist«, stimmte Stanni schnaufend zu. Er musste kurz stehen bleiben. Seitenstiche brannten unter seinen Rippen.

»Finn?«, fragte er gegen einen der Türme gestützt. »Was glaubst du, passiert mit W6 und seinen Freunden, wenn du das Spiel zerstörst?«

Der Junge traute sich nicht, Stannis Blick zu erwidern.

»Du hast nur an dich gedacht, was?« Tilly schüttelte verständnislos den Kopf.

»Ich wollte doch nur nach Hause ...«, schluchzte Finn leise.

»Flux hat was gefunden!«, rief Paule von weiter vorn und winkte sie zu sich. Der Würfel lag wild blinkend vor einem kleineren Datenturm mit einer glatten spiegelnden Eisoberfläche. Am unteren Ende des Türmchens befand sich ein rechteckiges Loch. Flux würfelte zielstrebig hinein. Im gleichen Moment erschien auf der Oberfläche ein Bild der Zerstörung.

»Trippy Town!«, stieß Tilly hervor.

»Aber der Wirbelsturm ist weg!«, rief Paule hoffnungsvoll.

Finn schüttelte den Kopf. »Nein. Trippy Town liegt jetzt ... im Auge des Sturms.«

Der Hacker hatte recht. Im Hintergrund sah Stanni den Sturm weiter wüten.

Der Ausschnitt veränderte sich und zoomte weiter in die Straßen der Stadt hinein. Über dem Bild der Ruinen erschien ein Text: »VERBINDUNGSWEG HERGESTELLT. UNTERSUCHUNGSEINHEITEN UNTERWEGS ...«

Drei gelbe Würfel rollten hinter dem Turm hervor und sprangen in das Bild. Einen Augenblick später waren sie in Trippy Town!

»Das muss ein Datenportal sein«, vermutete Finn. »Ich habe zwar Aufzeichnungen darüber gefunden, konnte es aber nie benutzen. Euer Flux hat das Ding zum Laufen gebracht! Wahrscheinlich hätte ich den dafür gebraucht.«

Die drei gelben Würfel wurden durchsichtig, vielleicht um sich zu tarnen, und tasteten die Stadt mit gelben Lichtstrahlen ab. »WARTUNGSEINHEITEN ENTSENDET. MASSIVE DATENSCHÄDEN FESTGESTELLT.«

Überall auf dem Bildschirm erschienen kleine Texte über den Gebäuden und Fahrzeugen. Wie die Informationen, die Stanni beim Betreten des Datenkerns gesehen hatte. Über fast allen stand: »ZUSTAND: DATEN BESCHÄDIGT! SYSTEMFEHLER!«

Finn schüttelte den Kopf. »Aber wie soll uns das helfen? Hier kommt man nicht aus dem Spiel!« Er wischte mit den Fingern nach links und rechts auf der Oberfläche des Turms. Das Bild bewegte sich. Es war, als ob er eine fliegende Kamera durch das Tal steuerte. »Seht ihr? Das hier ist nur eine Abkürzung ins Tal.«

»Wir wollen doch auch gar nicht aus dem Spiel raus!« Tilly verdrehte die Augen und schob Finn beiseite. Mit hastigen Fingern wischte sie über den Bildschirm. »Ich hoffe, es geht ihnen gut ...«, flüsterte sie und bewegte die Kamera nun nach unten.

Zuerst zeigte die Oberfläche nur Dunkelheit, dann aber war eine gigantische lila Höhle zu sehen. Glitch-Blitze zuckten durch eine zerstörte Stadt. Stanni drehte sich der Magen um. Tränen traten in Tillys Augen. Der Bildschirm zeigte Los Lamas!

»Nein!«, rief Paule entsetzt. »Mama, Papa!«

»Was ist das denn?«, staunte Finn.

»Das war unser Zuhause!«, schrie Paule und schubste Finn.

Der Hacker stürzte und starrte ihn angsterfüllt an. Er hatte sich das Knie aufgeschürft.

»Du hast alles kaputt gemacht! Alles!«, schluchzte Paule.

»Da!« Tilly hatte die Kamera weiterbewegt. Ihr Bruder und Stanni drehten sich zu ihr und starrten auf den Bildschirm. Ein großer, leerer Platz war zu sehen, auf dem riesige Felsbrocken einschlugen. Das Bild blitzte lila. Stanni brauchte einen Moment, um zu erkennen, dass es der Platz vor der Pyramide war. Doch das große Gebäude war fort. Die Baumeister hatten sie nicht retten können. Über der Mitte des Platzes schwebte nun ein riesiges Dach. Eine abenteuerliche Konstruktion, die aus den verschiedensten Teilen zusammengebaut war. Darunter hockten unzählige Menschen. Ängstlich kauerten sie nebeneinander und schrien panisch auf, wenn Felsen auf dem Schutzschild aufschlugen und donnernd zur Seite wegrollten. Stanni konnte Baumeister mit blauen Helmen und schmutzverkrusteten Gesichtern erkennen, die auf ihren Tablets herumdrückten. Immer wieder erschienen kleine Baupläne, um das Dach dort zu reparieren, wo die herabstürzenden Felsen es beschädigt hatten.

»Bestimmt sind Mama und Papa auch da!«, rief Tilly.

Stanni hoffte, dass sie recht hatte.

»VERBINDUNGSWEG HERGESTELLT. UNTERSUCHUNGSEINHEITEN UNTERWEGS ...«, erschien auf dem Bildschirm vor den Freunden. Wieder würfelten drei gelbe Würfel herbei. Sie rollten in das Bild hinein nach Los Lamas, tarnten sich und scannten die Höhle. Der Text änderte sich.

»WARTUNGSEINHEITEN ENTSENDET. MASSIVE DATENSCHÄDEN FESTGESTELLT.«

»Wir dürfen keine Zeit verlieren!«, rief Tilly. »Wir müssen zum Buch!«

Stanni drehte sich zu Finn um und blickte ihn ernst an. Er reichte ihm die Hand. »Bist du bereit, die Welt zu retten?«

Der verängstigte Hacker zögerte. Dann griff er nach Stannis Hand und rappelte sich auf.

Tilly atmete tief durch und sprang als Erste durch den Bildschirm. Finn und Paule folgten ihr. Stanni wollte hinterherspringen, doch er zögerte. In der linken unteren Ecke blinkte etwas ... Auf dem Bildschirm sah er, wie sich die Zwillinge und der Hacker irritiert nach ihm umdrehten. Sie schauten suchend umher. Offensichtlich konnten sie Stanni von der anderen Seite aus nicht sehen.

»Wo bleibst du?«, rief Tilly laut.

Stanni starrte auf einen unscheinbaren roten Text am unteren Bildrand: »DATENSATZ 001138P1112 ... PERSON D341: DEAKTIVIERT«.

»Deaktiviert?«, murmelte er. Seit er sich hatte entscheiden müssen, entweder Baumeisterin Sonja oder Herrn Lama zu entglitchen, hatte er keine Sekunde Zeit gehabt, um über die Konsequenzen nachzudenken. Jetzt aber holte ihn die Erkenntnis mit einem Schlag wieder ein. Er hatte sie nicht beide retten können! Aber gab es nun doch noch Hoffnung? Er musste es versuchen!

Stanni tippte nervös auf den Text. Zwei Optionen tauchten auf: »ENDGÜLTIG LÖSCHEN« und »REAKTIVIEREN«. Sein Herz schlug ihm bis zum Hals. Er wählte »REAKTIVIEREN«. Ein kleiner Ladebalken erschien. Unendlich langsam kroch die Anzeige von links nach rechts. Stanni hatte keine Zeit abzuwarten, ob es funktionierte.

»Was ist mit dir, Flux?«, rief er und kniete sich neben den kleinen Glitch. »Kommst du auch?«

Flux schaute ihn traurig an.

Stanni verstand. »Du musst den Weg offen halten ...«

Das Würfelchen nickte. Kein Wunder, dass Flux ihnen das Portal erst als letzten Ausweg gezeigt hatte. Für ihre Freiheit musste er seine opfern.

FLUX!

Erschrocken fuhr Stanni herum. Das Geräusch war hinter ihm aus dem Gang gekommen. Er sah in die roten Augen von W6, der entschlossen zurückblickte. Stanni hatte gar nicht bemerkt, dass er Finn nicht gefolgt war. W6 würfelte blinkend und zischend an ihm vorbei auf Flux zu. Der lilafarbene Würfel summte erst, dann brummte er. Stanni hatte das Gefühl, dass die beiden stritten, doch nach und nach glichen sich die unterschiedlichen Tonlagen der Würfel aneinander an, bis sie einen gemeinsamen Ton fanden. Von Flux ging ein feines Band aus blauer Energie aus, das W6 langsam einhüllte. Der rote Würfel nahm die blaue Energie auf und – wurde lila!

»Äh, hast du ihn gerade ... gefluxt?«, fragte Stanni stutzig.

Flux kicherte und schob sich aus der Vertiefung im Portal. Das Bild auf der Oberfläche erlosch, bis W6 den leeren Platz einnahm. Sofort flackerte es wieder auf. W6 surrte zufrieden. Er hielt ihnen den Weg offen, damit Flux mitkommen konnte.

»Junge!« Stanni schüttelte den Kopf. »Das dürfen wir Finn auf keinen Fall erzählen, okay?«

Beide Würfel nickten.

»Danke, W6!«, sagte Stanni und lächelte. »Oh und ... GG! Dein Frostmagier war echt mega!«

W6 grinste. Flux blinkte hell und würfelte nervös um Stannis Füße. Der nahm ihn hoch, atmete einmal tief durch und sprang durch den Bildschirm nach Los Lamas.

EIN WEG ZURÜCK

Die Zwillinge waren erleichtert, als Stanni und Flux endlich vor ihnen auftauchten.

»Was war denn los?«, rief Tilly. »Warum habt ihr so lange gebraucht?«

»Ich wollte nur einen Glitch beheben!« Stanni musste schreien, damit seine Freunde ihn hören konnten. Um sie herum rumpelte und krachte es. Die ganze Höhle schien kurz vor dem Zusammenbruch zu stehen. Überall regneten Felsbrocken von der Decke herab. Das einzige Licht kam von den lila Glitch-Blitzen, die über die Höhlenwände krochen.

Der improvisierte Schutzschild stand in einiger Entfernung von ihnen. Die Bewohner von Los Lamas, die zu Hunderten unter ihm kauerten, hatten sie nicht bemerkt.

Finn starrte voller Entsetzen auf die Ruinen von Los Lamas. »Ich wusste das nicht!«, schluchzte er. »Bitte, glaubt mir! Ich wusste das nicht!«

»Flux!«, rief Stanni. »Wo ist das Lama-Buch?!«

Der Würfel blinkte und würfelte in die Richtung, wo früher die große Pyramide gestanden hatte. Die vier rannten hinter ihm her. Wieder und wieder krachten herabstürzende Felsen neben ihnen auf den Boden.

Ohne Vorwarnung machte der Würfel halt. Stanni, Finn und die Zwillinge bremsten gerade noch rechtzeitig ab. Vor den Kindern lag ein riesiger Abgrund. Wo zuvor die Pyramide gestanden hatte, klaffte jetzt ein gigantisches quadratisches Loch.

FLUX! FLUX! FLUX! Flux blinkte aufgeregt neben einem Stein. Irgendetwas lag darunter.

»Es ist das Buch!«, rief Stanni und zog es hervor. Er hob den dicken Wälzer auf und wischte über den Holzdeckel. Teile des Einbandes waren abgesplittert.

»Schlag es auf!«, drängte Tilly.

Stanni nickte und wollte das schwere Buch auf den Stein wuchten, doch mit einem Mal ließ ihn ein gewaltiges Beben straucheln. Über ihnen krachte es, dann wurde es taghell. Stanni starrte an die Höhlendecke. Sie war fort! Der Sturm hatte die Höhle aufgebrochen und große Teile der Felsdecke davongetragen. Riesige Brocken stürzten auf die Kinder herab.

Tilly klappte instinktiv ihren Gleiter auf. Stanni wusste sofort, dass das niemals genügen würde, um die Wucht der Felsen abzuwehren. Doch etwas anderes hatten sie nicht. Er duckte sich mit den andern dreien und Flux unter den Gleiter. Aus dem Augenwinkel sah er den Sturm über ihnen. Die Zeit schien sich zu verlangsamen. Er dachte daran, wie alles begonnen hatte. An sein letztes Spiel mit Max und an sein erstes Treffen mit Herrn Puhmann. Verrückt! Ihm war, als könnte er den runden Kopf mit dem weißen Helm und dem gezwirbelten Bart buchstäblich vor sich sehen. Stanni lächelte und streckte seine Hand aus.

»Aua!«, sagte Herr Puhmann. »Mein Auge ...«

Das war tatsächlich Herr Puhmann! Hinter ihm in der Luft erschienen blaue Stahlwände und setzten sich wie durch Zauberhand zusammen.

»Ich hab's gleich«, rief eine vertraute Jungenstimme.

Stanni sah sich blinzelnd um. Da stand Belix! Er und seine Mutter, Baumeisterin Sonja, errichteten ein Dach über ihnen! Die ersten Felsen schlugen gegen den Schutzschild und krachten zur Seite. Mann, war Stanni froh, die Baumeisterin zu sehen. Und sogar den ätzenden Mobber aus der Schule.

»Gut so!«, rief Sonja. Sie warf Stanni ein kurzes Lächeln zu. »Gleich haben wir es!«

»Mama!«, hörte Stanni Tilly rufen. Er drehte sich zu ihr und sah, wie Frau Puhmann die Zwillinge umarmte.

»Alles in Ordnung, Stanni?«, fragte Herr Puhmann.

Stanni lächelte ihn an und nickte.

»Hey, nicht!«, rief Finn verärgert. »Lassen Sie das!«

Stanni drehte sich zu ihm um. Da stand Herr Lama und pikste Finn mit seinem Holzstab in die Seite. Murmel saß auf dem Kopf des alten Mannes und sprang aufgeregt auf und ab.

Herr Lama zeigte auf Finn. »Wer ist er denn bitte?!«

Stanni grinste. Er war unheimlich froh, den merkwürdigen alten Mann zu sehen. »Das ist Finn«, sagte er. »Der ... verlorene Spieler.«

Herr Lama zog eine Augenbraue hoch. »*Er* ist der verlorene Spieler? Nicht du?«

Stanni kam unter Tillys Gleiter hervor, griff sich das große schwere Buch und schleppte es zu Herrn Lama. »Genau«, bestätigte er, legte das Buch auf einen Felsen vor Finn und dem alten Mann ab und schlug es auf. »Er hat den Text geschrieben Und er ist der Einzige, der ihn ändern kann.«

»Wie kann er in mein Buch geschrieben haben?«, krächzte Herr Lama ungläubig. »Nur ich kann in mein Buch schreiben!«

»Können wir das später klären?«, drängelte Stanni.

Familie Puhmann versammelte sich hinter ihnen. Baumeisterin Sonja und Belix schauten ab und an hinüber, was dort vor sich ging, während sie weiter an dem Schutzschild arbeiteten. Immer wieder hagelten Felsen auf sie hinab. Es wurde stürmischer. Der Tornado musste einen Weg in die Höhle gefunden haben. Der Wind zerrte an den Seiten des Buches.

Stanni presste die Hände auf das Blatt vor ihm. Dort war noch immer in Herrn Lamas geschnörkelter Handschrift geschrieben: »Und so begann eine neue Runde im Tal Royal!« Darunter standen die getippten Worte, mit denen das ganze Unglück seinen Lauf genommen hatte: **»Damit der verlorene Spieler endlich nach Hause finden kann ... endet nach dieser Runde die Welt ...«**

»Dann haben wir das alles also dir zu verdanken?«, rief Herr Lama.

Finn nickte traurig. Eine Träne rollte über seine Wange.

Herr Lama lachte laut und gab ihm einen Rippenstoß. »Die Runde ist erst vorbei, wenn der Sturm alles aufgefressen hat! Noch sind wir hier! Noch ist Los Lamas nicht verloren!«

Stanni blickte in die Gesichter seiner Freunde. Er hoffte, dass Herr Lama recht hatte.

Der Alte zog seine lange Feder aus dem Ärmel und reichte sie Finn mit einer feierlichen – und viel zu schwungvollen Geste. Eine Sturmböe erfasste sie und wehte sie davon. Herr Lama sprang hinterher und versuchte sie zu schnappen, aber er hatte keine Chance.

»Oh, Murmel!«, kreischte er entsetzt. »Was sollen wir jetzt nur tun?«

Stanni zog einen seiner Stifte aus der Seitentasche seines Rucksacks und hielt ihn Herrn Lama hin. »Hier! Nehmen Sie den!«

Der Alte ließ den Kopf hängen. »Du verstehst nicht ...«, sagte er. »Die Feder war mit einer besonderen Energie aus einem geheimnisvollen Ort aufgeladen, jenseits eurer Vorstellungskraft! Ohne sie können wir nichts ins Buch schreiben!«

»Was?!« Stanni hatte langsam die Nase voll von diesem Tag. Das war doch alles ein mieser Scherz!

FLUX!

Er ignorierte den kleinen Glitch, der aufgeregt vor seinen Füßen herumwürfelte. Wenn selbst Herr Lama nicht mehr weiterwusste, welche Hoffnung gab es dann überhaupt noch?

FLUX! FLUX!

Plötzlich spürte Stanni einen brennenden Schmerz in seiner rechten Hand. Es fühlte sich an wie ein Stromschlag! Er schaute an sich herab und sah den kleinen Würfel, der ihm in die Finger biss und dabei lila aufblitzte. »Au!«, rief er und schüttelte seine Hand, bis Flux losließ.

»Was geht denn mit dir ab?«, rief Paule verärgert. »Wieso wirfst du Flux durch die Gegend?«

»Er hat den Stift gefressen!«, blaffte Stanni. »Aber soll er halt, ist ja eh nutzlos, das Ding!«

Flux würgte Stannis Stift hoch und rülpste genüsslich. Der Stift leuchtete lila und britzelte mit elektrischem Flux-Sabber.

»Irgh«, machte Stanni. »Na lecker.«

Herr Lama aber starrte den leuchtenden Stift mit großen Augen an, als hätte er nie etwas Schöneres gesehen. Ehrfürchtig hob er ihn auf. »Das ist es! Flux hat den Stift aufgeladen! Aber wie kann das sein?« Er blickte zu Stanni und den Zwillingen. »Natürlich! Ihr wart im Kern!«

Tilly nickte. »Dort haben wir Finn gefunden.«

»Also habt ihr meine Karte benutzt!«, rief Herr Lama beeindruckt. »Aber wie habt ihr es denn hoch ins Tal geschafft? Und ins Gebirge? Und in den Kern?!« Seine Augen wurden immer größer.

»Teamwork«, sagte Paule.

Herr Lama nickte. »Und der verlorene Spieler hat mein Buch direkt vom Kern aus verändert? Damit ich nicht mehr hineinschreiben kann? Jetzt verstehe ich ...« Er zog die Kappe von dem glühenden Stift und reichte ihn Finn. »Das ist beachtlich, mein Junge!«

Finn nahm den Stift und sah den alten Mann schüchtern an. »Was soll ich denn jetzt tun? Ich kann es ja nicht einfach durchstreichen.«

Herr Lama flüsterte ihm etwas ins Ohr. Finn nickte. Und dann schrieb er ein einzelnes Wort an das Ende seines letzten Satzes.

Damit der verlorene Spieler endlich nach Hause finden kann ... endet nach dieser Runde die Welt ...

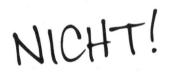

EIN NEUER ANFANG

Der Sturm hatte nachgelassen. Stanni schaute unter dem Schutzschild hinaus in die Höhe. Über ihnen schien die Morgensonne von Trippy Town durch die Höhlendecke. Das Zwitschern von Vögeln war zu hören. Stanni hatte keine Ahnung, wie viel Zeit vergangen war. Ob es Minuten oder Stunden gewesen waren, die sie schweigend dagestanden und abgewartet hatten, um sicherzugehen, dass das kleine Wort, das Finn geschrieben hatte, wirklich die Welt verändern konnte.

»Es ist vorbei, oder?«, fragte Tilly vorsichtig.

»Ich glaube ja«, sagte Baumeisterin Sonja und trat unter dem Dach hervor. Sie winkte ihren Baumeistern in der Ferne zu. Die gaben das Signal weiter: Entwarnung. Die Bewohner von Los Lamas, die unter ihrem Schutzschild Zuflucht gefunden hatten, jubelten.

Wie angefeuert von den ausgelassenen Rufen und Freudenschreien strahlte Finn Stanni an. »Ich werde alles wiedergutmachen! Ich muss es nur schreiben, Stanni, hörst du? Ich kann alles reparieren! Ich ...«

Dann verschwand er. Der glühende Stift fiel auf den Boden. Herr Lama bückte sich. Sein Rücken knackte, als er ihn aufhob.

»Was ist passiert?«, rief Paule. »Hat es ihn geglitcht?!«

Herr Lama schüttelte den Kopf und tippte auf die Buchseite vor sich. »Der verlorene Spieler ist nach Hause zurückgekehrt. So hat er es geschrieben. Und so soll es sein.«

»Aber warum jetzt?«, wunderte sich Stanni. »Er hat so viel versucht ...«

»Dieses Buch ist mächtig.« Herr Lama blickte ernst in die Runde. »Das Wissen vieler Lamas vor mir war nötig, um das große Buch zu erschaffen. Der Junge wusste nicht, was er tat, als er im Kern herumgespielt hat ...« Der Alte lächelte milde. »Es ist leichter, die Welt zu zerstören, als sie zu verstehen.«

Stanni nickte. »Können Sie das Buch denn jetzt wieder benutzen?«

Herr Lama zuckte mit den Schultern. »Probieren wir es aus!«

Er schnappte sich den Stift, überlegte kurz und kritzelte dann drauflos. Zufrieden zeigte er auf sein Werk: »Ein neuer Kaktus erschien in den Wide Wastelands, direkt links neben Goodie-Kiste 5491.«

Stanni zog die Augenbrauen zusammen. Ein Kaktus in den Wüsten Weiten? »Äh, das ist alles?« Irgendwie war das ziemlich enttäuschend. »Ich hatte gehofft, wir könnten Los Lamas reparieren.« Er zeigte mit einer ausladenden Geste auf die Stadt. Im Sonnenlicht war das ganze Ausmaß der Zerstörung zu erkennen. Nur wenige Häuser hatten den Glitch heil überstanden.

»Ich darf nichts über Los Lamas schreiben«, erinnerte ihn Herr Lama. »Du hast gesehen, was passiert, wenn man sich nicht an die Regeln hält.«

Stanni schnaubte. Schon wieder diese blöden Regeln.

»Es wird etwas dauern, bis wir Los Lamas wiederaufgebaut haben«, sagte Frau Puhmann. »Von Trippy Town ganz zu schweigen. Es wird morgen sicher keine neue Runde geben. Und auch nicht übermorgen ...«

»Aber es ist nur eine Frage der Zeit!«, ergänzte Baumeisterin Sonja und stellte sich neben sie. »Gemeinsam schaffen wir das.«

Die Bewohner von Los Lamas kamen herbeigeeilt. Die Nachricht, dass die Gefahr endlich vorüber war, verbreitete sich wie ein Lauffeuer. Überall wurde geredet und gelacht und geweint. Einige schwiegen und waren nur dankbar, dass dieser längste aller Tage vorbei war. Mehr und mehr Menschen umringten die kleine Gruppe um Stanni und reckten die Hälse. Sie schienen auf etwas zu warten. Baumeisterin Sonja zog ihr Tablet hervor und tippte auf der Oberfläche herum. Ein kleines Podest setzte sich vor ihr zusammen.

»Euer Auftritt.« Baumeisterin Sonja zwinkerte Stanni, Tilly und Paule zu und deutete ihnen an, sich auf das Podest zu stellen. Den dreien war das etwas unangenehm. Frostmagier waren eine Sache. Aber Lampenfieber?! Damit war nicht zu spaßen.

»Stellt euch einfach vor, es wäre der Talentwettbewerb«, flüsterte Frau Puhmann und schob die drei auf die kleine Bühne. Flux würfelte hinterher. Für einen langen Moment war es still. Stanni winkte der versammelten Masse unsicher zu. Wie peinlich. Tilly boxte Paule in die Seite, weil ihr wohl nichts Besseres einfiel. Ihr Bruder boxte zurück. Dann rief Baumeisterin Sonja so laut sie konnte: »Die Helden von Los Lamas!«

Tosender Jubel brach aus. Los Lamas war aus dem Häuschen! Einige der Band-Mitglieder, die am Mittag zur Rundeneröffnung gespielt hatten, hatten ihre verbeulten Instrumente wiedergefunden und schmetterten einen fröhlichen Marsch. Stanni und die Zwillinge legten sich die Arme über die Schultern, während die Menge ihnen zujubelte. Stanni blickte in die aufgeregten, überglücklichen Gesichter seiner Freunde.

Aus dem Augenwinkel bemerkte er, wie Herr Lama Baumeisterin Sonja etwas ins Ohr flüsterte. Sie nickte lächelnd und zog eine Kette mit einem Anhänger unter ihrem Hemd hervor. Es war eine Art Dog Tag, wie Soldaten sie trugen. Sie löste den Anhänger von der Kette und reichte ihn Herrn Lama, der das Metallplättchen zu den drei Freunden brachte. Doch er gab den Anhänger weder den Zwillingen noch Stanni, der ihn echt gern gehabt hätte, sondern murmelte Flux etwas zu und hielt ihm den Anhänger vor die Pixelnase. Flux schnupperte daran.

SCHLICK. SCHLUCK. SABBER. KNURPS.

Schon hatte Flux den Anhänger verschlungen und kaute auf dem Metall herum, dass es quietschte und knirschte.

»Flux!«, rief Paule. »Nicht schon wieder!«

»Keine Sorge«, sagte Herr Lama und zwinkerte. »Euer Flux weiß ganz genau, was ich vorhabe.«

Der Alte hielt die Hand vor den Würfel.

RÜLPS. FLUX FLUX!

Flux hatte den Anhänger in Herrn Lamas Hand gespuckt. Er triefte geradezu vor magischem Fluxsabber!

»Igitt«, riefen einige der Bewohner von Los Lamas. »Das ist ja widerlich!«, die nächsten. »Mir ist schlecht!«, wieder andere.

Die Zwillinge grinsten nur verlegen. Der Alte wollte ihnen das Ding doch jetzt nicht ernsthaft überreichen?

Herr Lama hielt Stanni den Anhänger hin. Der zog ihn zögerlich aus einer Lache Fluxsabber und betrachtete ihn genauer.

»Aber ...«, wunderte sich Stanni. »Da steht ja mein Name drauf! Und da ist auch ein Bild von Flux!«

»Wow!«, staunte Paule.

»Und seht nur, wie der Flux-Sabber leuchtet!«, sagte Tilly. »Genau wie der Stift! Heißt das, das Ding ist auch magisch?«

»Kosmisches Lama-Geheimnis«, flüsterte Herr Lama und zwinkerte ihnen zu.

»Danke!«, sagte Stanni immer noch ganz verdutzt und befestigte den Anhänger an seiner Glückskette, obwohl er sein Shirt vollschleimte.

»Sieh es als Abschiedsgeschenk«, sagte Sonja. »Und als Dankeschön.«

»Abschiedsgeschenk?«, wunderte sich Stanni.

Herr Lama nickte.

»Ich kann dich jetzt nach Hause bringen,«, sagte Herr Lama. »Wenn du willst.«

Stanni sah Paule und Tilly an. Die beiden schienen von dem Angebot ebenso überrumpelt zu sein wie er selbst. Natürlich wünschte sich Stanni nichts mehr, als nach Hause zu können. Aber er hatte hier Freunde gefunden. Gemeinsam hatten sie es geschafft, Los Lamas zu retten. Und nun sollten sie einfach Abschied nehmen?

Doch Stanni dachte auch an seine Eltern, die er viel zu lange nicht gesehen hatte und die sich sicher Sorgen um ihn machten. Und er dachte an Max, seinen besten Freund, und fragte sich, ob es seinem Kumpel wohl gut ging. Immerhin war er in der letzten Runde auch geglitcht worden!

Stanni musste eine Entscheidung treffen.

»Ja, ich möchte nach Hause.« Stanni bittet Herrn Lama, in das große Buch zu schreiben, und verabschiedet sich.
Soll die Geschichte so weitergehen? Ja? Dann lies jetzt einfach weiter auf Seite 166.

»Ich bleibe noch und helfe euch!« Stanni will beim Wiederaufbau von Los Lamas helfen und etwas mehr Zeit mit seinen Freunden verbringen.
Möchtest du, dass Stanni das tut? Dann blättere jetzt vor auf Seite 170.

»**Ja, ich möchte nach Hause**«, sagte Stanni.

Natürlich wäre er gern noch geblieben, aber auch er hatte ein Zuhause und eine Familie. Und was, wenn wieder etwas im Kern kaputtging und er für immer hier festsaß? Nein. Er musste die Gelegenheit nutzen.

Paule und Tilly liefen auf ihn zu und umarmten ihn.

»Wir werden dich vermissen«, lachte Tilly schniefend.

»Ich euch auch«, sagte Stanni und drückte die beiden.

»Schade, dass du nicht beim Talentwettbewerb dabei bist«, seufzte Paule. »Dir entgeht der Fusseltanz. Aber unser Abenteuer war sowieso viel spannender!«

»Wie Tilly einfach ihre Raketendüsen an den Gleiter geschraubt hat und wir fast gestorben wären vor Angst!«, lachte Stanni. »Das war's ja wohl komplett!«

Paule hielt sich kopfschüttelnd die Augen zu. »Das war das Schlimmste, was mir je passiert ist!« Doch auch er lachte.

»Pffft!« Tilly stemmte die Hände in die Hüften. »Also, ich fand's viel schlimmer, als uns auf dem Weg zu den Arctic Alps dieser eine Typ fast über den Haufen geschossen hätte! Zum Glück hat Paule ihm den Rest gegeben.«

»Oh ja! Das war schrecklich!« Ihr Bruder weinte vor Lachen. »Und als der Frostmagier plötzlich aufgetaucht ist! Ich dachte nur, jetzt ist alles vorbei!«

»Aber zum Glück hat Stanni den super Aim!«, rief Tilly. »Schrauben, Schleimkugeln, böse Magier! Egal, was er vor den Schläger kriegt, Stanni trifft immer!«

Alle drei hielten sich die Bäuche vor Lachen.

Frau und Herr Puhmann starrten ungläubig auf die Freunde, als sie hörten, was sie alles erlebt hatten. Sie schienen sich ganz und gar nicht sicher zu sein, ob sie sich nun Sorgen machen sollten, weil die Kinder solchen Gefahren ausgesetzt gewesen waren – oder ob sie stolz sein sollten, weil sie alle Herausforderungen gemeistert hatten.

Sie entschieden sich offensichtlich für Letzteres, denn sie machten einen Schritt auf Stanni zu und Frau Puhmann umarmte ihn.

»Danke«, sagte sie. »Ich hoffe, wir sehen uns wieder. Und ich hoffe, bei dir zu Hause ist alles in Ordnung.«

»Grüß deine Eltern von uns.« Herr Puhmann schmunzelte ihn an und reichte ihm seine riesige Hand.

Stanni schüttelte sie. »Wird gemacht! Und danke für das Sandwich und die Hilfe.« Und er meinte es ernst. Wer weiß, wie seine Reise ausgegangen wäre, wenn Herr Puhmann ihn nicht so freundlich aufgenommen hätte.

Die Augen des stämmigen Bauarbeiters funkelten feucht. »Gern«, sagte er. Seine Stimme brach etwas. »Wirklich gern.«

Etwas zupfte an Stannis Hosenbein. Er schaute nach unten und sah Murmel, der mit großen Augen zu ihm aufsah.

»Du warst eine tolle Hilfe, Kleiner.« Stanni ging in die Hocke und streichelte das Köpfchen des Affen. »Ohne dich hätten wir nicht gewusst, wohin wir gehen müssen. Danke!«

Murmel keckerte glücklich und kletterte wieder auf seinen Stammplatz auf Herrn Lamas Schulter. Stanni stellte seinen Rucksack ab. Er hatte ihn aus der Trippy Town Tanke und war sich ziemlich sicher, dass er nichts aus dem Tal Royal mit in seine eigene Welt nehmen konnte. Dann warf er seinen Hockeyschläger zu Belix, der ihn auffing.

»Als Erinnerung«, sagte Stanni augenzwinkernd.

Belix schaute etwas peinlich berührt aus der Wäsche, doch dann nickte er grinsend.

Stanni salutierte zum Spaß in die Runde. »Wir sehen uns bestimmt wieder!«, sagte er in Richtung Tilly und Paule, die tapfer lächelten. »Herr Lama, ich bin so weit.«

Die Puhmanns winkten Stanni noch einmal zu. Flux glitchte auf Paules Arm und verabschiedete sich mit einem extralauten *FLUX!*

Herr Lama beugte sich über das Buch und begann zu schreiben. Jedes Wort las er dabei laut vor.

»Der mächtige Lama in all seiner Weisheit ...«

Irgendwo hüstelte jemand sehr deutlich, doch Herr Lama ließ sich nicht ablenken.

»... in *all* seiner Weisheit! Löste das Rätsel um den Spieler, der nie im Buch aufgetaucht war. Standart Skill war sein Name. Sein Erscheinen war vorherbestimmt und dem Lama natürlich absolut bekannt ...«

»Pah, alles Zufall!«, rief eine alte Frau.

»Egal! Klappe!«, schimpfte Herr Lama und machte unbeirrt weiter: »Weil er nicht im Buch stand, war er uns ein großes Rätsel! Für die einen war er ein Bug. Für die besten von uns war er ein Freund. Nur zusammen konnten der Spieler und seine Freunde das Tal Royal retten. Und schließlich, nach getaner Arbeit, schickt der mächtige Lama den Spieler Standart Skill endlich wieder nach Hause.«

Als er die Worte ausgesprochen hatte, war Stanni bereits fort.

Lies jetzt weiter auf Seite 174!

»Ich bleibe noch und helfe euch!«, sagte Stanni.

Wie hätte er sich jetzt auch einfach so verabschieden können! Er hatte gesehen, was für ein wundervoller Ort Los Lamas gewesen war. Und schließlich war es ein Spieler wie er selbst gewesen, der all das zerstört hatte. Na gut, Stanni war kein Hacker, und das alles war nicht seine Schuld, aber er wollte trotzdem helfen.

Herr Lama lächelte dankbar und schloss das große Lama-Buch. Die Zwillinge und die anderen umringten Stanni.

»Du musst noch nicht los?«, fragte Tilly begeistert.

»Nicht sofort zumindest«, antwortete Stanni. »Also, packen wir es an!«

Noch am gleichen Tag ging es an den Wiederaufbau von Los Lamas. Wenigstens schien die Sonne nun durch das Loch über ihnen in der Höhlendecke. Sie spendete genug Licht, um die Schäden in der Stadt zu begutachten und zu reparieren. Baumeisterin Sonja verteilte zusätzliche Tablets an Freiwillige. Die Putzkolonne der Stadt kümmerte sich dieses Mal nicht um Konfetti und Farbspritzer, sondern räumte Schutt weg und befreite die Gassen und Wege von Geröll und Gebäudeteilen. Ein von Frau Puhmann erfundenes Gerät erlaubte es den Baumeistern, den gesammelten Schutt aufzusaugen, in Tanks abzufüllen und dann aus diesem Material neue Felsen zu erschaffen. Damit planten sie und Baumeisterin Sonja die Höhlendecke zu schließen. Doch das musste warten, bis die Pyramide von Los Lamas wieder stand, denn ohne deren künstliche Sonne hätten sie wortwörtlich im Dunkeln gesessen.

Paule verbrachte die meiste Zeit damit, die verstörten Fussel einzufangen, die sich überall in der Stadt versteckt hatten, nachdem das Schulgebäude von Felsen getroffen worden war. Tilly half den Gleiter-Fliegern dabei, Geräte und Nahrung von einem Teil der Stadt in den anderen zu bringen. Und Stanni? Er packte überall dort mit an, wo er gebraucht wurde. Als es in Trippy Town über ihnen Abend wurde, standen bereits wieder Teile der Handwerkergasse und der großen Pyramide. Auch die Schule war auf einem guten Weg. Die neue Runde fiel natürlich trotzdem ins Wasser. Was die Spieler wohl dazu sagen würden, dass ihr Lieblingsgame offline war? Aber das würde Stanni noch früh genug herausfinden, wenn er wieder zu Hause war. Müde, kaputt und immer noch glücklich schleppte er sich mit den Zwillingen zum Haus der Puhmanns.

Familie Puhmann hatte ein kleines Festessen vorbereitet. Ihr Haus war zwar noch nicht vollständig wiederaufgebaut, doch die Küche und die Schlafzimmer waren bereits wieder nutzbar. Auf dem Tisch standen saftige Burger, dampfende Fritten, frisch gebackene Muffins und viele verschiedene Softdrinks. Alles schmeckte fantastisch. Sie aßen und tranken und scherzten ausgelassen über das, was in den letzten zwei Tagen geschehen war.

Eigentlich wollte Stanni so viel mehr erzählen und essen und mit den Zwillingen und ihren Eltern über das reden, was sie erlebt hatten. Aber seine Augen wurden schwerer und schwerer. Und irgendwann schlief er einfach ein.

Der Sturm hatte sie fast erreicht! »Das Ende der Welt!«, keuchte Stanni. Er riss panisch die Augen auf und schnappte nach Luft. Um ihn herum war es dunkel und still. Er lag auf der Luftmatratze. Jemand hatte ihn zugedeckt. Aus dem Nebenzimmer hörte er ein lautes Schnarchen. Stanni stand auf und schlich ins Schlafzimmer. Die Puhmanns schliefen tief und fest. Tilly hatte sich neben ihre Mutter gekuschelt. Paule lag mit dem Kopf am Fußende und hielt Flux im Arm, der im Schlaf knisternde Flux-Spucke auf die

Matratze sabberte. Herr Puhmanns Bart zitterte gleichmäßig bei jedem Schnarcher. Als Stanni die vier so liegen sah, dachte er an zu Hause. Ein tiefer, trauriger Schmerz erfüllte ihn. Er hatte bleiben wollen, um zu helfen. Aber jetzt, wo alles gut werden würde, da wurde ihm klar, dass er zurückmusste. Er schnappte sich das kleine Notizbuch aus seinem Rucksack und trennte eine leere Seite heraus. Dann nahm er sich einen Stift vom Tisch und begann zu schreiben. Es fiel ihm schwer, die richtigen Worte zu finden, daher begnügte er sich mit einer kurzen Nachricht.

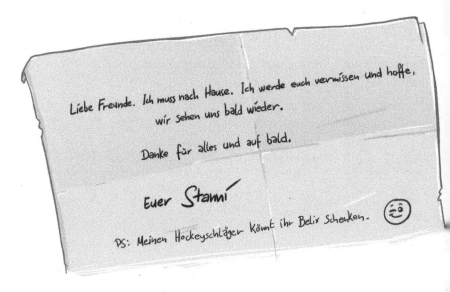

Liebe Freunde. Ich muss nach Hause. Ich werde euch vermissen und hoffe, wir sehen uns bald wieder.

Danke für alles und auf bald.

Euer Stanni

PS: Meinen Hockeyschläger könnt ihr Belix schenken. 😊

Er legte den Brief auf den Tisch und lehnte den Hockeyschläger an die Tischkante, ehe er zur Tür ging. Einmal blickte er noch zurück, dann stahl er sich in die Nacht davon.

Nachdem Stanni die Treppe der Pyramide erklommen hatte, stellte er verwundert fest, dass Herr Lama noch wach war. Er saß im Schneidersitz vor seinem großen Buch auf der obersten Stufe der Pyramide. Eigentlich war es nicht die oberste, sondern die vierte von unten, aber weiter war der Bautrupp am Tag zuvor nicht gekommen. Murmel hatte sich neben dem alten Mann zusammengekringelt und schlief tief und fest.

Herr Lama lächelte Stanni an. »Ich wusste, dass du kommen würdest.«

»Ich muss nach Hause«, sagte Stanni leise.

Herr Lama schlug sein Buch auf. »Ich bin mir sicher, dass wir uns wiedersehen werden, Standart Skill«, sagte er zuversichtlich. »Bist du bereit?«

Stanni nickte.

Herr Lama zog die Kappe von dem glühenden Stift, beugte sich über das Buch und begann zu schreiben. Jedes Wort las er laut vor.

»Das Rätsel um den Spieler, der nie im Buch aufgetaucht war, wurde gelöst. Standart Skill war sein Name. Weil er nicht im Buch stand, war er uns ein großes Rätsel! Für die einen war er ein Bug. Für die besten von uns war er ein Freund. Nur zusammen konnten der Spieler und seine Freunde das Tal Royal retten. Und schließlich, nach getaner Arbeit, schickte der mächtige Lama den Spieler Standart Skill endlich wieder nach Hause.«

Als er die Worte ausgesprochen hatte, war Stanni bereits fort.

Lies jetzt weiter auf der nächsten Seite!

KOSMISCHE LAMA-GEHEIMNISSE

Um ihn herum war alles schwarz. Warum konnte er nichts sehen? Stanni bekam Panik. Hektisch tastete er umher und stieß gegen irgendetwas, das scheppernd umfiel. Er spürte etwas in seinem Gesicht. Was war das nur?! Er griff danach und riss es vom Kopf. Grelles Licht blendete ihn. Stanni starrte die VR-Brille in seinen Händen an. Sein Herz raste. Er schaute sich panisch um. Und beruhigte sich sofort. Das war sein Zimmer! Er saß auf dem Stuhl vor seinem Schreibtisch mit den unerledigten Hausaufgaben. Neben seinem Bett. Alles war dort, wo es sein sollte. Sein Gaming-PC, sein Bildschirm, sein Streaming-Equipment. Nur sein Mikro lag auf dem Boden. Er musste es eben umgeworfen haben. Warmes Sommerlicht fiel durch die Jalousie seines Fensters. Stannis Playlist dudelte entspannten Rap vor sich hin. Alles kam ihm gleichzeitig unwirklich und völlig normal vor. War das hier bloß Einbildung? Oder war er wirklich zu Hause? War er überhaupt jemals fort gewesen? Hatte er seine Abenteuer im Tal Royal und in Los Lamas wirklich erlebt?

Da fiel ihm etwas ein. Er warf seine VR-Brille aufs Bett und zog eilig seine Glückskette unter dem Shirt hervor. Etwas baumelte an der Kette. Es war der Anhänger aus Los Lamas! Mit seinem Namen und dem Bild von Flux. Der Anhänger leuchtete und glänzte noch immer lila. Es war also alles wirklich passiert! Es war keine Einbildung gewesen! Aber wie konnte das sein?

Stanni musste lächeln. »Kosmische Lama-Geheimnisse!«, flüsterte er.

Ein Chatfenster blinkte auf Stannis Bildschirm. Er rollte mit dem Stuhl an seinen Schreibtisch. Da waren etwa fünfhundert Nachrichten von Max. Die neueste lautete: »Bro, wie hast du dir 'nen Stanni-Skin organisiert? Custom Skin?! Ist das neu? So ein Teil brauch ich auch! Sorry, dass ich vorhin raus war. Bei mir ist alles eingefroren! LOL – Server down. Angeblich wissen die selbst nicht, was das Problem ist ... Keiner kommt ins Spiel.«

Max' Nachricht war erst zwanzig Minuten alt.

Stanni schüttelte den Kopf. Ja, es war alles wirklich passiert. Sogar Max war dabei gewesen, irgendwie.

»Philipp! Essen!«, rief es aus dem Nebenzimmer.

»Ja, ja«, murmelte er ganz automatisch, ehe er kapierte, was da gerade passiert war. Schlagartig wurde ihm klar, wie sehr er die Stimme seiner Mutter vermisst hatte. Er riss sich vom Monitor los und sprang auf. »Ich komme!«

Gerade als er die Tür geöffnet und in den Flur gelaufen war, ertönte ein Piepsen aus den Lautsprechern seines Computers. Noch eine Nachricht von Max? Stanni kehrte verdutzt um und schaute auf den Bildschirm. Es war eine Kontaktanfrage von »FinnMasterHD« mit dem Text: »Bin draußen! Du auch?!«

Stanni klickte auf »Kontakt hinzufügen«. Sofort ploppte eine weitere Nachricht auf. »Sorry noch mal ...«

Drei tanzende Punkte im Chat-Fenster zeigten an, dass Finn tippte. Stanni wartete nicht auf die nächste Nachricht. Er schaltete den Monitor aus.

Später, dachte er. Er war endlich zu Hause. Finn konnte warten.

Stanni atmete tief durch. Und dann lief er zum Essen.